魔刀
마도진조
도휘

요람 新무협 판타지 소설

FANTASTIC ORIENTAL HEROES

마^도 진조휘 8

요람 新무협 판타지 소설

초판 1쇄 찍은 날 § 2016년 9월 19일
초판 1쇄 펴낸 날 § 2016년 9월 26일

지은이 § 요람
펴낸이 § 서경석

편집책임 § 배경근

펴낸곳 § 도서출판 청어람
등록번호 § 제387-1999-000006호
등록일자 § 1999. 5. 31
어람번호 § 제2-2682호

주소 § 경기도 부천시 원미구 부일로 483번길 40 서경B/D 3F (우) 14640
전화 § 032-656-4452 팩스 § 032-656-4453
http://www.chungeoram.com
E-mail § chungeorambook@daum.net

ⓒ 요람, 2016

ISBN 979-11-04-90971-9 04810
ISBN 979-11-04-90718-0 (세트)

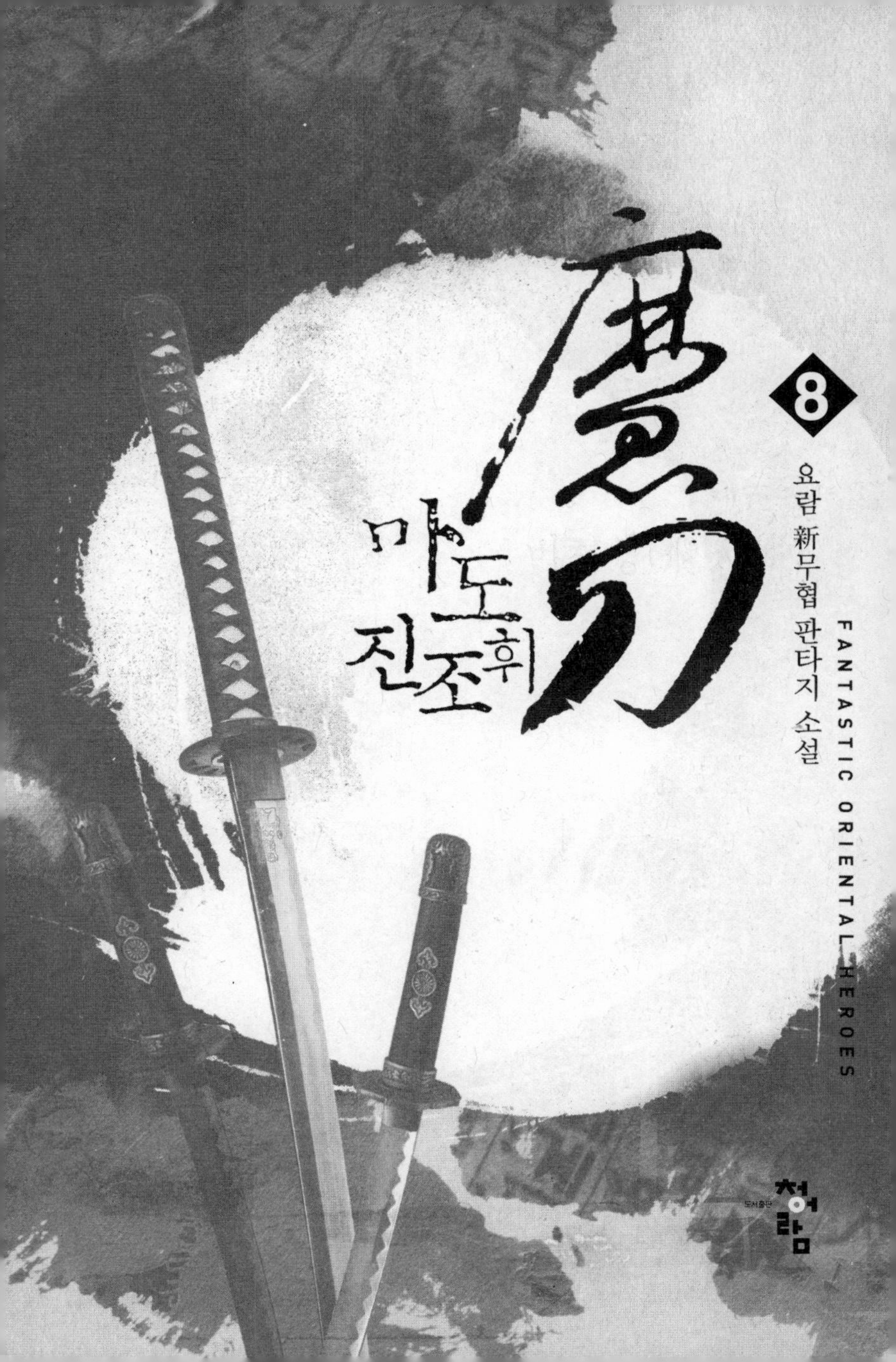
魔刀
마도
진조휘
8
요람 新무협 판타지 소설
FANTASTIC ORIENTAL HEROES
도서출판 청어람

目次

제69장
마도의 복귀전(二)

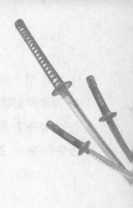

　제남에 들어선 이화매는 바로 안가로 갔다. 이후 한 발자국도 움직이지 않았다. 이곳에 온 목적은 도지휘사(都指揮使) 반윤(潘贇)을 만나기 위해서였다.

　이름과는 다르게 산적을 연상케 하는 외모를 가진 전형적인 호걸이지만 신중할 때는 또 엄청 신중한 사람이다. 종합 평가를 내리자면 정신만큼은 아주 올곧게 선 사람이라 할 수 있었다. 그래서 이화매는 반윤에 대한 원조를 아끼지 않았다.

　오늘은 그가 극히 은밀하게 반드시 만나야 한다고 서신을 보내왔기 때문이다. 그의 신중한 성격상 웬만한 일로는 연락하지 않았을 것이다. 이화매는 아직 감도 안 잡혔다. 서신에도 중간에서 채일 경우를 생각해서 급히 만나고 싶다고만 했지 어떤 연유로 만나고 싶다고는 적지 않았기 때문이다.

"약속 시간은?"

"오늘 인시 초입니다."

"너무 일찍 왔군."

"주변 경계는 철저히 시켜놓고 있습니다."

"그건 별로 신경 안 써. 다만 그때까지 기다리려니 좀이 쑤실 것 같아서 그러지."

"제남 성내라도 돌아보고 오시겠습니까?"

피식.

그 말에 이화매는 그냥 웃고 말았다.

어딜 나간다고? 제남성? 호위조를 극한 긴장 상태로 만들고 싶으면 나가도 좋다. 이화매는 언제 어디서고 조심해야 하니까. 그러니 죽어나가는 건 호위조다. 이화매는 그 부분을 알고 웃는 거다.

"요즘 농담이 늘었어?"

"허허, 나이를 먹긴 먹었나 봅니다. 허허허."

"아직 정정해. 걱정 말고. 마도는? 아직도 처자?"

"네, 고른 숨소리를 내며 아주 잘도 자고 있답니다."

"아, 세상 편한 놈일세. 일어나면 대가리라도 박으라고 해야 하나, 이거?"

"허허, 그것도 나쁘지 않겠습니다."

시간이 하도 많이 남으니 두 사람은 그냥 시답잖은 농담 따먹기밖에 할 게 없었다. 그렇다고 안가에서 칼춤을 출 수도 없으니 할 수 있는 게 아무것도 없었다.

"참, 여기 이거."

"뭔데?"

"쉘에게 온 서신입니다."

"쉘이? 좀 찾아냈나 봐?"

"허허, 그거야 그 안에 적혀 있지 않겠습니까?"

"아, 그렇지. 근데 희은 그대는 꼭 서신부터 안 주더라?"

"버릇이 되어 그런가 봅니다. 허허."

　피식.

　'거 요상한 버릇 다 있네'라고 중얼거린 이화매는 서신을 시원하게 열었다. 자세를 바로 하고 정독하는 데 걸린 시각은 약 일다경. 속독인 이화매가 그 정도로 길게 읽은 것을 보니 내용이 길었나 보다.

　하지만 그건 또 아니었다.

"쉘은 다 좋은데, 항상 이리 어렵게 암호를 쓰더라."

　서신을 건네받아 읽은 양희은은 그 말에 격하게 공감하는지 시작부터 고개를 크게 주억거렸다. 서신의 내용은 굉장히 급박했다. 현재 뭐가 어떻게 진행되고 있는지, 위험도가 어느 수준인지, 어떻게 고쳐야 하는지, 돈은 또 얼마가 들어가네, 처리 못했을 시 위험 등등 아주 길게 적혀 있었지만 그 정도야 원래 이화매도 아는 거였고, 진짜는 쉘의 독특한 암호 형태를 알아야 조합 가능한 몇 단어였다.

"으음……."

"들어본 단어지?"

"네, 설마 이 단어를 들을 줄은 생각도 못했습니다."

"그렇지? 나도 생각 못했어. 설마 상실시대의 유산이 나올 줄이야……."

두 사람의 대화는 처음과는 달리 굉장히 묵직해졌다. 상실시대의 유산. 극히 희박한 사람들만 아는 단어이다. 이화매는 그 안에 당연히 들어갔고, 가장 많이 알고 있는 사람이었다. 이씨세가 자체가 상실시대를 피해 살아남았고, 당시의 진실을 소실치 않고 겨우겨우 챙겨놓은 게 있었기 때문이다.

그래서 이렇게 부른다.

상실시대의 유산.

이건 문자로 전해지지 않았고 입에서 입으로 전해졌다. 오직 가주와 가주 직을 이어받을 두 사람과 그 두 사람을 보필하는 최측근 두 명에게만 말이다. 그만큼 비밀스러운 단어이고 위험한 단어이기도 했다.

침중한 어조로 양희은이 말을 이었다.

"그들이 끼어들었다면 비선의 오염도 이해가 갑니다."

"동감. 우리 비선이 아무리 은밀해도 만약 진짜 그들이 아직까지 존재하고 있다면 비교조차 불가능할 거야. 조직력, 은밀성, 정보의 전달 방식, 광대한 정보망에 자금력까지 그 무엇 하나 이길 수 있는 게 없어."

오홍련이다.

무려 오홍련이 심혈을 기울여 겨우겨우 만든 게 바로 비선이다. 오대 이화매 때에 들어서 비선은 더더욱 치밀하게, 그리고 거대하게 성장했다. 정보의 중요성을 아는 이화매가 정말 돈을 갖다 퍼부으면서 겨우겨우 지금의 비선을 만들어냈다. 그런데 지금 이화매는 감히 비선도 그 상실시대의 유물에 한 수 접어주고 있었다.

"하오문."

씹어뱉듯이 나온 상실시대 유물의 이름.

방 안에 대기 중이던 유키는 물론 이안과 잠까지 흠칫 몸을 떨었다.

하오문(下午門).

도둑, 소매치기, 사기꾼, 기녀, 점소이 등 힘이 약한 자들이 모여 만든 정보 세력. 태초의 시작이 언제인지 그 누구도 아는 사람은 없지만 전 중원에 걸쳐 가장 많은 문도를 보유했다는 곳이 하오문이다. 무력이 아닌 정보로 옛 강호를 종횡했다. 이 정도밖에 알려진 게 없었다. 하지만 이화매는 안다. 이 상실시대의 유물이, 이 미친 정보력을 보유한 집단이 상실시대에 정말 거대한 역할을 했다는 걸. 그것도 나쁜 쪽으로 말이다.

"다시 부활한 건가……."

"음, 부활보다는 이제 수면 위로 올라온 게 아닌가 싶습니다."

"하긴, 목숨 보전에 대해 가장 빠삭한 이들이 아마 그들 본인이었을 테니까. 여태껏 잠잠히 있다가 이제야 모습을 드러냈을 확률이 높아. 근데 왜 하필이면… 그 새끼한테 붙은 거냐고."

"황제와 같은 이유가 아니겠습니까?"

"목숨? 하오문의 문도들은 어차피 가장 힘겹게 사는 이들이 태반이야. 개중에는 목숨을 내놓고 사는 이들도 있겠지. 목이 떨어질까 두려워 붙진 않았을 거야."

"음……."

"놈에게서 뭔가를 본 거겠지. 강자에 들러붙는 날파리는 언제나 존재했으니까."

"어떻게 할까요. 쉘은 아마 제독의 선택을 기다리고 있을 겁니다."

"음……."

이번엔 이화매가 고민을 시작했다.

현 가주에서 차기 가주에게, 입에서 입으로 전해지는 이야기가 바로 상실시대의 이야기다. 이화매는 일단 하오문 그 자체를 생각해 봤다.

'하오문이 정말 그 옛날 하오문에 비교해 결코 부족하지 않다면… 비선으로는 못 이겨.'

애초에 역사가 달랐다.

비선의 역사는 끽해봐야 이백 년이 채 안 된다. 태초 이씨세가가 일어설 때부터 존재하긴 했지만 그 세는 당연히 미약했다. 그러나 하오문은? 언제부터 존재했는지조차도 밝혀진 게 없었다.

못해도 오백 년이거나 천 년을 넘어갈 수도 있었다.

이 땅 위에 도둑, 소매치기, 사기를 치는 이들이 나타났을 때부터 존재했을 수도 있었다. 그 긴 세월 간 축적된 지식은 감히 비선이 따라갈 경지가 아닐 것이다.

"상식적으로 생각하자면 해체가 옳아."

"……."

양희은은 짐작했다는 눈빛으로 침중한 얼굴이고, 방 안에 있는 나머지는 다 놀랐다. 오홍련 무력을 뒷받침하는 기둥 세 개가 있다면 첫 번째가 금력이요, 두 번째가 개발부요, 세 번째가 비선이 포함된 정보망이다.

그러니 한 축이라 할 수 있는 정보망, 즉 비선은 엄청 중요하다. 그런 그걸 해체한다고? 미치지 않고서야……

"하지만 지금 해체했다가는… 아마 오홍련은 아예 바다 밖으로 쫓겨나겠지."

"……."

양희은은 그 말에 적극 공감했다.

그녀의 말이 옳았다. 정보의 통제는 없던 병력도 만들고 있던 병력도 지울 수 있다. 당장 오홍련 앞마당까지 적군이 다가와도 눈에 보이기 전까지는 확인도 못한다는 소리다.

"그렇다고 유지도 못해. 보니까 이미 우리 비선망은 다 파악당한 것 같은데… 써봐야 뭐 해. 어차피 오염된 정보일 게 분명한데. 후우, 참 상황 지랄 맞네."

골이 지끈거리는 고민거리였다.

정보 없이 싸우자니 눈뜬장님이 될 것 같고, 그렇다고 안고 싸우자니 귀머거리가 될 것 같은 상황이다. 말은 길지만 그냥 뭘 선택하든 상황이 엿 같기는 매한가지란 소리다. 난감하다는 건 진짜 이런 상황을 두고 하는 말이었다. 하지만 결정은 또 해야 되는 상황. 이화매는 오래지 않아 결정을 내렸다.

단단한 표정, 말투로 입을 여는 이화매.

"비선은 일단 동결시키라고 전해."

"네, 알겠습니다."

"공작대에게도 급히 전해. 현재 수행 중인 작전 이후 바로 복귀하라고."

"네."

삑, 삐빅.

양희은이 이화매의 말을 듣고 움직이려는데 밖에서 짧게 호각 소리가 울렸다. 누군가 접근할 때 불기로 한 신호이다. 이화매의 시선을 받은 유키가 바로 밖으로 나갔다. 그리고 약 일각 후 부리부리한 인상의 사내와 함께 들어왔다. 그 중년의 사내는 바로 이화매의 앞으로 와서 털썩 앉았다.

"오랜만에 뵙소, 이 제독."

"그래. 오랜만이야, 반윤."

인시는커녕 아직 자시도 안 됐는데 온 반윤이다. 하지만 일정이 빡빡하니 나쁠 건 없었다. 두 사람은 기본적으로 반 존대, 반 말로 서로를 대했다. 말을 놔도 상관없다고 했지만 반윤은 끝까지 말을 놓지 않았다.

하지만 지금은 그게 중요한 게 아니고.

"용건부터 가지. 서로 바빠 죽겠는데 말이야."

"그럽시다. 일단 이것 좀 보시오."

품에서 서신 하나를 조심히 꺼내는 반윤. 급하게 달려왔는지 땀에 살짝 축축해진 서신을 이화매는 조심스럽게 펼쳐봤다. 이번에도 읽는 즉시 얼굴이 확 찌푸려졌다. 하지만 아까와는 다른 점이 있었으니 찌푸림 속에 경멸, 혐오감이 굉장히 짙게 스며들어 있다. 그리고 서신을 내려놨을 때는 눈에서 불길이 치솟고 있었다. 평범한 불길이 아니었다.

새파란 귀화.

귀신의 불꽃이 있다면 딱 저런 색을 품지 않았을까 싶을 정도로 살기에 범벅이 된 불꽃이었다.

"이게 무슨 개소리인지 설명 좀 해줄래?"

"올 초부터인가 갑자기 아이들을 대상으로 한 납치가 성행한다는 걸 알았소. 제남에서 보고된 건수만 약 백여 건이고, 알아

보니 다른 현도 마찬가지였소. 그래서 이상하다 싶었지. 인신매매단이 미치지 않은 이상 이렇게 대놓고 움직일 일은 없으니까."

"……"

이화매는 차분히 들었다.

흥분해서 중간에 말을 막 잘라먹을 정도로 수양이 부족하지 않은 그녀이다.

"근 두 달에 걸친 조사 끝에 산동성에서만 약 천 이상이었소. 그리고 꼬리를 추적해 봤더니 움직임이 북경에서부터 시작된 느낌이란 말이오."

"북경……"

반윤이 아무런 정보도 없이 허튼 것을 말할 사람은 아니었다. 한 성의 도지휘사가 그렇게 생각이 없을 리 없지 않나. 그러니 이 정도까지 말했으면 알아차려야 했다. 이화매는 당연히 즉각 알아차렸다.

"혹시 해서 묻는데, 약재상 쪽도 뒤져봤나?"

"당연하오."

"결과는?"

"환각, 마취, 이 두 가지 효과를 내는 모든 약재를 지속적으로 사들인 놈들이 있다는 걸 알아냈소."

"이 미친 개새끼들이……. 이제 진짜 갈 때까지 가는구나?"

으드득!

눈앞에 대상이 있다면 아마 이화매의 분노로 놈은 육신이 갈

가리 찢겨 나갔을 것이다. 그만큼 이화매는 엄청나게 분노한 상태였다. 호흡이 가빠지고 별이 반짝이다가 시야가 노랗게 변할 정도로 화가 머리끝까지 솟구친 상태였다.

이화매가 약재 쪽을 알아봤느냐고 물은 이유는 딱 하나였다.

제조다.

언젠가 말한,

왜의 '흑각' 계급의 제조.

그것 때문에 물어본 것이다.

*   *   *

위지룡, 장산.

두 사람은 일생을 통틀어서 가장 우울한 나날을 보내고 있었다. 이유야 당연히 조휘 때문이었다. 아직도 조휘는 눈을 뜨지 못하고 있었다. 분명 맥은 정상인데 일어나질 않고 있었다. 양희은이 때가 되면 알아서 일어날 거라 했지만 그 말만 믿고 마음을 놓기에는 두 사람이 조휘를 생각하는 마음이 컸다.

자신의 목숨을 살려준 게 몇 번인가.

일일이 손가락을 접어가며 헤아려 봐도 양 손가락 모두 접어야 할 거다. 그만큼 두 사람은 조휘에게 진 구명(救命)의 빚이 많았다.

조휘야 살기 위해 여유가 되면 남들을 구했지만, 그건 그들에게는 사실 큰 불만으로 느껴질 수가 없었다.

이유야 어쨌든 살았다는 게 중요하기 때문이다.

전장에서 목숨보다 소중한 건 그 어디에도 없다. 명예? 돈? 식량? 여자? 무기? 지랄 마라. 그것도 다 살아 있어야 누릴 수 있는 것들이다. 조휘는 그걸 깨닫게 해줬다. 그의 옆에 있다 보면 정말 그가 살기 위해 얼마나 노력하는지 알 수 있었다. 왜 살아야 하는지는 알려준 적이 없었다.

지금도 그렇지만 그땐 더 입이 무거웠으니까.

그렇다 보니 이 두 사람의 목숨은 조휘가 살려놓은 거나 다름없었다. 위지룡이야 원거리 지원이지만, 장산은 정말 미친놈처럼 돌격했으니까. 장산은 진짜 조휘가 아니었으면 십에 십은 필히 죽었을 것이다.

그러한 사실을 알고 있어서 지금 매우 답답하고 스스로에게 자괴감이 들었다. 왜, 왜 구하지 못했나. 죽었어도 자신이 죽었어야 되는데 하는 생각까지 들 정도였다. 의리도 있고 구은을 갚는 이유도 있지만 두 사람은 공통적으로 '진조휘'라는 사람 밑에서 일생을 함께하고 싶었다.

그게 전역과 동시에 뒤도 안 돌아보고 조휘를 찾아온 이유였다.

"으음……."

그렇게 여러 사람을 힘들게 했던 조휘가 미약한 신음과 함께
의식을 차리고 있었다.

＊　　　＊　　　＊

　"하, 아으……."

　성대가 굳었는지 신음이 녹슨 경첩처럼 삐걱거렸다. 고통도
느껴졌다. 조휘가 눈을 떴을 때 가장 먼저 보인 건 천장이었다.
그냥 아무런 특징도 없는 나무로 이루어진 천장. 이제 의식을 차
렸으니 몽롱해야 정상이지만, 어쩐 일인지 그렇지는 않았다. 상
황 파악도 없이 왜 자신이 지금 누워 천장을 보고 있는지 확실
하게 파악하고 있었다.

　두둑, 두두둑!

　상체를 일으켜 세우는데 허리며 팔, 근육이 아주 나 죽는다고
비명을 지르는 느낌이다. 그에 절로 인상을 찌푸린 조휘는 주변
을 둘러봤다. 시야감도 몇 번 끔뻑였더니 또렷하게 살아났다. 바
로 옆에 주전자, 그리고 잔이 있었다. 아마 자신에게 먹이던 물
일 거라 생각한 조휘는 잔에 물을 따라 목을 축였다.

　조금 미지근하긴 하지만 물이 들어가자 갑자기 생기가 폭발
하는 것 같은 착각이 들었다. 하지만 아직 목마르다.

　세 번을 연거푸 따라 마시고 나서야 멈추는 조휘다.

　"후우……."

그제야 목소리도 매끄럽게 나오기 시작했다. 조휘는 일단 몸을 살펴봤다. 보드라운 이불을 걷어내고 보니 잘려나간 곳은 없었다. 손가락, 발가락, 귀 전부 멀쩡했다. 그다음은 오감이다.

시각부터 시작해서 촉각, 미각, 청각, 후각까지 다 문제없었다. 마지막으로 근력이다. 자리에서 일어나 조심스럽게 몸을 움직이는 조휘. 몸은 역시 무거웠다. 얼마나 기절해 있었는지는 모르겠지만 그 기간은 상당한 것 같았다. 주먹조차 꽉 쥐어지지 않을 정도로 근력이 떨어져 있었다.

하지만 조휘는 그런 건 불평하지 않았다.

"살아 있는 게 다행이지."

오히려 살아 있음에 감사했다.

한순간의 방심으로 저승길에 오를 뻔했다. 이제는 확신하는 그 요상한 세계의 감속 효과가 없었다면 아마 그 자리에서 참마도의 칼날에 가슴이 뚫려 죽었을 것이다. 그런데 잠깐 조휘는 고개를 갸웃했다.

"그런데 깨어난 뒤 하는 생각치고 지나치게 자연스러운데?"

스스로 이상함이 느껴질 정도로 조휘는 가슴이 잔잔한 상태였다. 보통이었다면 으득 이가 부서지도록 갈면서 죽이니 살리니 해도 이상하지 않을 텐데 말이다.

두둑, 두둑.

마지막으로 목을 푼 조휘.

누워 있던 침상 옆에 풍신이 외롭게 덩그러니 세워져 있다.

"음."

쌍악이 보이질 않아 의아했지만, 조휘는 그 궁금증은 쿵쿵거리며 방으로 다가오는 인물이 알려줄 거라 생각했다.

끼이이익.

"여어!"

"어……?"

조휘가 가볍게 손을 들며 반기자, 안으로 들어선 위지룡이 흠칫 놀라더니 제자리에 우뚝 멈춰 섰다. 손에는 나무로 된 쟁반을 들고 있고, 그 쟁반 위에는 김이 모락모락 나는 접시 하나가 있다.

딱 봐도 요깃거리다.

"배고픈데 잘됐다. 줘봐라."

"조장?"

"그래, 배고프니까 일단 먹고 얘기하자."

코끝을 스치는 고소한 향에 조휘 본인처럼 잠들어 있던 뱃속의 식충이들이 일제히 눈을 뜨고 달려드는 기분이다.

"아, 네……."

위지룡은 멍해져 대답한 후 조휘 옆에 쟁반을 내려놨다. 조휘는 바로 나무로 된 숟가락으로 죽을 퍼먹었다. 하도 자연스럽고 당당해서 위지룡은 계속해서 고개를 갸웃거리고 있었다. 뜨거운 죽을 약 반각 만에 다 먹은 조휘는 물로 입을 헹구고는 위지룡을 바라봤다. 반각 동안 위지룡도 어느 정도 정신을 차렸는지 표정이 많이 풀려 있었다.

"언제 일어났습니까?"

"너 오기 반각 전?"

"왜 안 불렀습니까?"

"기절했다 일어난 게 뭘 대수라고 사람을 부르냐. 어차피 올 건데."

"하하, 조장답습니다. 몸은 어떻습니까?"

의자를 끌어다가 문 근처에 앉은 위지룡이다. 그의 얼굴에는 후련함, 그리고 안도감이 동시에 자리 잡고 있었다.

"특별히 이상한 데는 없어. 근데 하도 안 썼더니 많이 굳었어. 근력도 떨어진 것 같고."

"그건 오랫동안 누워 있었으니 어쩔 수 없을 겁니다."

"감수해야지. 그보다 다른 놈들은? 장산이나 은여령도 안 보이고."

"아, 그건 얘기가 좀 깁니다."

"시간 많으니 찬찬히 다 얘기해 봐."

"네. 일단 은 소저와 공작대는 따로 임무를 수행하러 갔습니다."

"명령?"

"네, 이 제독의 내린 임무입니다. 임무 내용은 조장을 그렇게 만든 무기 제작 장소의 파괴입니다."

"음……."

조휘는 고개를 끄덕였다.

이화매의 성격상 그런 무기가 있다는 걸 알았으면 절대 가만 내버려 두지 않을 것이다. 피해를 감수하고서라도 반드시 쓸어버릴 것이다.

"화운겸 그 새끼는?"

"도망쳤습니다."

"도망? 어쩌다가?"

조휘의 안색이 찌푸려졌다.

자신을 이렇게 만든 근본적인 원인을 제시한 놈이 바로 화운겸이다. 모리휘원이야 둘째 치고 놈이 배신만 안 했어도 이딴 일은 없었다. 그런 놈을 어렵게 잡았더니 도망쳤단다. 입가에 쓴 미소가 걸리는 거야 당연한 일이었다. 하지만 쓴 미소는 금방 사라졌다.

"괜찮네. 다시 잡아 죽일 수 있겠어."

"하하, 은 소저도 그랬습니다. 차라리 다행이라고."

"은여령도 요즘 나한테 많이 물들었지. 현재 정세는?"

"조장이 쓰러지기 전과 별 차이 없습니다. 좀 더 긴장감이 조성된 것만 빼면요."

"흠, 그런가?"

"그보다 조장, 좀 변한 것 같습니다?"

"그래? 흐음……."

조휘는 턱을 괴고 잠시 생각에 잠겼다. 가만히 생각해 보면 확실히 변한 것 같긴 했다. 감정, 생각, 말투, 이런 것들이 달라졌다. 조선에서 작전을 마치고 다시 명으로 돌아와서부터 조휘는 굉장히 날이 서 있었다. 가까이 다가가기만 해도 살이 베이는 게 아닐까 싶을 정도의 살벌한 예기(銳氣)를 품고 있었다.

몇날 며칠을 굶어 바짝 날이 곤두선 흉포한 맹수.

조휘는 진짜 딱 그래 보였다.

하지만 지금은 눈빛에도, 말투에도 여유가 있었다.

실제 조휘의 감정 상태도 그랬다.

도대체 어디서 생겨난 건지 모를 여유가 잔뜩 모여들어 조휘의 감정을 포근하게 감싸고 있었다.

"전에 비해서는? 이것도 괜찮지 않나?"

"네, 괜찮습니다. 뭐, 조장이 일어난 것만으로도 저는 충분합니다. 푸흐흐."

뒤이어 나온 위지룡의 웃음에 조휘도 피식 웃었다.

"근데 여긴 어디냐?"

"제남성입니다. 공작대가 임무를 하러 갔고, 현재 이 제독과 함께 움직이고 있습니다. 여기도 오홍련의 비밀 안가 중 하나입니다. 다른 방에 지금 이 제독이 있을 겁니다."

"그래?"

"네, 산동성 도지휘사와 비밀 면담을 하고 있는 중입니다."

"산동 도지휘사라……. 공작대의 현재 위치는?"

"북동쪽 빈주입니다. 여기서 움직이면 도보로 일주일, 말을 타고 움직이면 여유 있게 삼 일이면 갑니다."

"그래, 후우! 공작대는 누가 이끌고 있지?"

"저랑 산이 놈 빼고 다 갔고, 대는 은 소저가 이끌고 있습니다."

"무리하고 있겠어."

"아마… 그럴 거라 생각됩니다. 은 소저가 요즘 조장을 연모하는 것 같습니다."

"알아. 그러니 무리하고 있겠다고."

"알고 있었습니까?"

피식.

또 웃어버린 조휘이다.

조휘는 감각이 좋다. 그러니 눈치가 좋지 아니할 수 없었다. 서문영의 감정도 알고 있던 조휘이다. 근데 항상 붙어 있던 은여령의 감정을 모를 리가 없었다.

'전장에서 싹튼 사랑이라……'

나쁘지 않다.

서문영과 은여령은 달라도 너무 달랐기 때문이다.

"조장, 진짜 변했습니다. 그런 표정도 처음 봅니다."

"그런 표정?"

"네, 기분 좋은 웃음. 만날 사람 잡는 웃음만 보다가 그런 웃음을 보니 팔에 소름이 돋습니다, 이거."

"농담도 하고, 너도 많이 늘었다."

그렇게 얘기 중인데, 밖이 소란스러워졌다. 그러자 조휘는 일어나려다가 다시 그냥 침상에 앉았다.

"조용해지면 이 제독에게 일어났다고 전해."

"네."

그 대화 뒤 이번에는 별 내용 없는 얘기를 두런두런 하고 있는데 문이 벌컥 열렸다. 들어선 이는 이화매였다. 잠깐 흠칫 굳었다가 침상에 앉아 있는 조휘를 빤히 바라보더니 이내 피식 웃는 그녀.

"일어났으면 일어났다고 말을 해야지, 앉아서 놀고 있냐?"

"그냥 제가 기절한 사이 뭔 일이 있었는지 파악 중이었습니다."

"나한테 왔으면 훨씬 빨랐을 거 아냐. 내가 요점만 간추려서 전달해 주는 데 도가 텄잖나."

"그거야 그렇지만, 이놈 얼굴 보니 걱정이 아주 한가득해서 좀 놀아주고 있었습니다."

"호오……."

이화매가 눈을 반짝이며 조휘를 보다가 이내 입가에 미소를 그렸다. 위지룡이 일어나자 빈 의자를 끌어 조휘의 앞에다 놓고 앉는 이화매.

"변했네?"

"그렇습니까? 잘 모르겠습니다만, 일어나 보니 이런 상태라……."

"후후, 그런 대답이 변했다는 거야. 마도에게 훈풍(薰風)이 분다……. 이거 저놈에게 목이 날아가 지옥으로 떨어진 왜놈들에게 말해주면 입에 거품을 물고 지랄발광을 할 거야."

이화매의 시선이 슬쩍 풍신으로 갔다가 돌아왔다.

"그래, 다 듣긴 했나? 판이 어떻게 돌아가는지?"

"네, 대충은."

"빈주로 갈 거지?"

"네. 내일 아침이 밝으면 갈 생각입니다."

"망설임도 없고. 좋아, 이거 다시 가져가라."

이화매는 품에서 서신을 꺼내 다시 조휘에게 건넸다. 예전에 비천성에 가져다 주라고 한 서신이다.

"이번에는 꼭 전해주고 답도 받아와. 그리고 내일 출발하면 대충 빈주에서 공작대와 만날 수 있을 거다. 아직까지 작전을 시작했다는 얘기는 못 들었으니까."

"네."

그의 가벼운 대답에 이화매는 조휘를 빤히 바라봤다. 입가에는 옅은 미소도 있다. 가끔가다 보여주는 싱그럽고 기분 좋은 미소이다.

"왜 그리 보십니까?"

"아니, 한결 좋아 보여서. 한비연이 준 약이 무슨 짓을 했나? 아주 마도의 마(魔)를 싹 뽑아낸 느낌이야. 아니지. 이건 정화. 그런 건가?"

"음, 그건 아닌 것 같습니다."

"왜?"

"느껴지고 있습니다. 조용히 도사리고 있는 놈을."

"호오, 그게 느껴지나?"

"네, 이상하지만… 느껴집니다."

언급했기 때문일까? 조휘의 옅은 미소 속에 찰나 마(魔)가 떠올랐다 사라졌다. 이화매도 그걸 봤다.

"통제도 가능하다……. 성장했어, 마도."

"그런 것 같습니다."

조휘는 웃었다.

이화매도 웃었다.

그녀는 그 대화를 끝으로 자리에서 일어났다.

"난 지금 바로 움직일 거다. 너도 일어났으니 굳이 남아 있을 필요는 없겠지. 그럼 임무 끝내고 군도로 돌아와."

"네."

이화매가 밖으로 나가고, 양희은이 고생했다며 짧은 격려를 해주고 나갔다. 유키와 이안도 눈인사를 해주고 나가자 가장 뒤에 있던 장산이 '조장!' 하고 달려들었다. 감정을 잘 숨기지 않는 장산이 조휘를 안고 엉엉 울음을 토해냈다. 다 큰 녀석을 달래고 잠시간 대화의 꽃을 피웠다.

시간은 착실히 흘러 아침이 왔고, 조휘는 바로 빈주로 향했다.

＊　　　＊　　　＊

그렇게 등장한 조휘다.

은여령은 잠시간 멍하니 조휘를 보고 있었다. 듣고 싶었다. 꿈에서라도 나왔으면 할 정도로. 그를 지키지 못했다는 자책감과 연모하는 감정이 한데 뒤엉켜 은여령을 참으로 힘들게 했다.

그러니 갑작스럽게 등장한 조휘에 은여령이 멍해지는 것도 이상한 일은 아니었다. 조휘는 그런 은여령에게 가볍게 눈을 맞춰주고 풍신에 등이 뚫려 죽은 놈에게 천천히 걸어갔다.

"마… 도?"

금의위 한 놈이 조휘를 알아봤다.

이미 황실 살생부의 가장 수위권에 들어가 있는 사람이 조휘다. 아마 이화매와 은여령, 그리고 조휘는 마주치는 즉시 죽여야 한다고 들었을 거다.

"그래, 입을 여는 걸 보니 동이나 서는 아니고, 금의위, 황제의 개인가?"

"놈……."

금의위들의 표정이 살벌하게 변했다.

조휘가 대놓고 황제라 불렀기 때문이다. 그 단어에는 공경이나 존경 같은 감정은 쌀 한 톨만큼도 들어 있지 않았다. 당연하다. 존경할, 공경할 가치가 없는 놈이 아닌가.

푸욱.

풍신을 뽑아 든 조휘가 재차 말했다.

"아니, 이제는 황제의 개가 아니라 적무영의 개겠군. 그래, 살 묻은 뼈다귀를 뜯어먹기 위해 굴복한 개의 삶은 어때?"

"죽인……."

파바박!

휘릭!

검을 뽑아 들고 즉각 조휘에게 달려드는 금의위. 하지만 조휘는 여유로웠다. 눈빛에는 여유가, 입가에는 시린 미소가 걸려 있다.

탁!

순식간에 납도.

그아아앙!

그리고 다시 재차 발도.

서걱!

빛살처럼 뿌려진 풍신이 금의위의 목을 그대로 긋고 지나갔다. 잘린 머리는 뜨고, 아직 힘이 남아 있는 육체는 관성의 법칙에 의해 그대로 조휘를 스쳐 지나가 바닥에 철퍼덕 처박혔다. 충천한 화마, 재가 흩날리는 공간 속에서 이루어진 한 번의 살인. 이건 인간 고유의 감정을 건드리기 아주 충분했다.

은여령은 이미 감정을 정리하고 조휘를 보고 있었다. 눈을 빛낸 그녀는 잠시 조휘의 발도를 생각하고 있었지만 누구도 은여령을 신경 쓰고 있진 않았다.

"음, 아직 몸이 좀 무겁긴 하네."

그르릉, 탁.

다시 풍신을 집어넣고 조휘는 한 발자국 앞으로 나섰다. 움찔! 금의위는 수적 우세에도 불구하고 뒤로 물러났다. 조휘가 보여준 발도. 눈으로 궤적도 따라잡지 못했다. 그런 발도술 준비를 아주 자연스럽게 마친 조휘가 다가오니 물러나는 건 당연했다. 이들은 동창이나 서창처럼 감정을 거세시키지 않았기 때문이다. 그러니 인간 본연의 생존 본능이 거칠게 반응했다.

살고 싶으면 물러나라고.

으득! 까드득!

이를 갈면서도 놈들은 아주 착실하게 본능의 경고를 따랐다. 피식. 그 모습이 또 조휘의 입가에 실소를 자아내게 만들었다.

"꺼질 거면 지금 꺼져."

"으윽……."

"싫어? 지금 다 죽여 드릴까? 이렇게?"

파박!

그아아앙!

서걱!

말이 끝남과 동시에 세 번의 서로 다른 소리가 화마가 충천하는 상황 속에서도 아주 적나라하게 울려 퍼졌다.

"으악!"

날아가는 목을 보며 드디어 비명이 흘러나왔다. 그리고 서로 앞 다투어 도망갔다. 본능의 경고를 아주 충실히 따랐기에 조휘는 굳이 뒤따라가지 않았다. 어차피 졸개들이다. 보니 제일 하급 직위의 소기(小旗)나 총기 정도밖에 안 되어 보였다. 그런 놈들을 잡아봐야 힘 낭비다.

쉬익!

풍신을 한 번 뿌려 피를 털어내고 도집에 넣은 조휘는 은여령을 향해 몸을 돌렸다.

"나 없는 동안 고생……."

와락!

나 없는 동안 고생했다고 격려를 해주려 했지만 조휘는 끝까지 말을 이을 수가 없었다. 달려온 은여령이 조휘의 품에 안겼기 때문이다.

"……."

조휘는 잠깐 멈칫했다가 이내 손을 뻗어 가볍게 은여령을 안았다. 그런 조휘의 행동에 또 움찔하더니 몸을 비벼 감촉을 재확인하는 은여령. 조휘는 그렇게 은여령을 안고서 가만히 서 있었다.

충천하는 화마.

그 속의 남과 여.

이번만큼은 실로 아름다웠다.

*　　　　　*　　　　　*

조휘의 복귀는 갑작스러웠다.

그랬기 때문에 반가움도 그 갑작스러움만큼 커졌다. 하지만
당장 해후를 풀 수 있는 상황이 아니었다.

만덕장을 화려하게 불 싸지르고 빈주를 빠져나와 한참을 달
렸다. 목적지는 비천성이 있는 태산이다. 빈주에서 남서쪽 고청
인근에 도착했을 때 공작대는 휴식을 취하기 시작했고, 조휘의
귀환을 반겼다.

안도감이 깃든 공작대원 전원에게 수고했다고 어깨를 두드려
격려를 해주고 조장들과 함께 앉은 조휘.

"언제 일어났나?"

오현이 웃으면서 물어왔고,

"삼 일 전? 그쯤 일어났지."

조휘도 반가운 미소를 그린 채 대답했다.

"그럼 일어나자마자 바로 온 건가?"

"일어나서 위지룡에게 공작대가 작전 수행 중이라고 들었으니
와야지. 나 없이 잘 하고 있나 걱정도 됐고."

"허허, 진 조장, 우리 그렇게 부족한 이들 아니라네."

"알아. 아니까 온 거야. 어떤 마음으로 작전을 나갔을지 예상

이 돼서 말이야."

말을 끝낸 조휘의 시선이 옆에 다소곳이 앉아 있는 은여령에게 잠시 향했다가 다시 정면으로 돌아왔다. 은여령은 살짝 시선을 내리깔고 있었다.

"허허, 진 조장, 자네 좀 변한 것 같으이?"

"그렇게 보이나?"

"잠깐 대화했는데도 확실히 알겠네. 여유가 생겼구만. 나쁜 기운은 빠져나가고… 좋은 기운만 들어선 것 같네. 내가 알던 마도가 맞나 싶어."

"걱정 마. 조용히 숨겨두고 있을 뿐이니까."

"그럼 다행이네. 허허."

대화가 끝나고 조휘는 조현승을 바라봤다.

"내가 쓰러지고 수행한 임무가 몇 개지?"

"두 번입니다."

"임무 내용, 과정, 결과를 알고 싶은데."

"네."

조휘의 말에 조현승은 청주와 빈주에서의 작전을 자세히 설명했다. 조휘는 그 말을 듣고만 있었다. 첫 번째 임무는 생각보다 수월하게 수행했다. 공작대의 능력이야 이미 조휘와 함께 작전을 수행하면서 정예 중의 정예가 됐다. 산전수전 다 겪은 역전의 대원들이다. 하지만 두 번째 작전은 조휘가 보기에 좀 무리했다 싶다. 간단하게 설명하면 그냥 이거다. 은여령의 무력을 앞세워 진천뢰를 심는다. 만약 자신이 있었다면? 아마 허락하지 않았을 것 같다. 은여령의 무력이야 자신이 제일 잘 알고 있다.

하지만 그래도 위험한 작전이었다.

물론 자신도 조선에서 적진에 직접 침투해 암살 작전을 벌였으니 남 말할 건 아니나 되도록 앞으로 이런 작전은 지양(止揚)할 생각이다.

"이미 끝난 임무이니 이러쿵저러쿵 하진 않겠어. 하지만 다음에는 좀 더 안전하게 가자고."

"네."

사실 조현승의 작전은 좋았다.

공작대이니 가능한 작전을 떠올렸고, 아주 제대로 써먹었다. 칭찬해 마지않을 일이다. 조휘는 대화를 끝내고 쉬기 위해 이후의 일정을 설명했다.

"이제 태산의 비천성에 들렀다가 바로 군도로 넘어갈 거야. 가면 잠시 쉬었다가 새로운 임무가 있을 거고."

"네."

"알겠네."

조현승과 오현이 대답했고, 조휘는 자리에서 일어났다. 악도건과 중걸에게 다가가 고생했다고 어깨를 두드려 준 후 경계와 휴식을 명했다. 하지만 알아서들 이미 잘 하고 있었다. 조휘는 오면서 봐둔 개울로 갔다. 쪼르르 물 흐르는 소리가 묘하게 마음을 안정시켜 줬다. 적당한 돌 위에 앉은 조휘. 조휘가 움직이자 뒤따라온 은여령이 조휘의 옆에 앉았다. 그리고 신을 벗고는 물에 발을 담갔다. 찰랑 일어나는 파문이 보일 정도로 오늘은 달빛이 밝았다.

조휘는 먼저 말문을 열지 않았다.

솔직히 말하자면 어색했다.

조휘는 이립이 넘은 지금까지 여인을 가슴속에 담아본 적이 없었다. 십 년을 타격대에서 보냈고, 그전에도 조휘는 좋아한 사람이 없었다. 그 흔한 짝사랑 한번 해본 적이 없을 정도이다.

순진해서?

아니었다.

먹고살기 위해, 소작농이신 부모님을 돕느라 누군가를 만날 여유 자체가 없었기 때문이다. 물론 그런 과거를 싫어하지는 않았다. 그렇게 살았어도 행복했으니까. 그런데 지금 한 사람이 걸어 잠그고 있던 마음속 빗장을 열어젖히고 있었다. 어찌나 힘이 센지 양손으로 잡고 강제로 열어젖히는 거나 다름없었다.

은여령이다.

이 여인이 현재 자신의 빗장을 여는 여인이고, 반대로 자신을 가슴속에 담아둔 여인이다. 위지룡에게 말했듯이 눈치는 채고 있었다. 이런 쪽으로 경험이 없다고 무감각하지는 않기 때문이다.

눈빛, 말투, 그리고 몸짓.

사람의 감정을 가장 표현하기 좋은 것들이다. 그것들을 통해 조휘는 어렴풋이 알고 있었다. 게다가 예전에 서문영과 대화를 했을 때, 그때 은여령이 지켜보고 있었다는 것도 알고 있었다.

은여령이 내력을 돌릴 때만큼은 아니지만 조휘도 정말 좋은 감각이 지니고 있었다. 그리고 그 감각은 주변까지 온 은여령을 못 알아챌 리 없었다.

"많이 야위었어요."

예고도 없이 날아온 걱정에 조휘의 마음속에도 은여령이 발장구가 만들어내는 파문이 생겼다. 어떤 말을 할까, 어떤 대답을 해야 하나. 만덕장에서 은여령이 안겼을 때, 그 따뜻한 체온이 떠올랐다.

이러면 안 되는데, 이러면 마도가 아닌데.

슬그머니 입가에 미소가 피어났다.

"한 달을 넘게 몸을 안 썼으니까."

"그런데 그렇게 움직여도 되요? 근육통이 생길 텐데."

이 와중에도 자신을 걱정하고 있다.

원래 이런 여자였나?

그런 생각이 들었다.

"지금도 좀 욱신거리긴 한데 그렇다고 안 쓰면 회복이 더뎌. 예전 근력을 찾으려면 써주는 게 확실히 좋아."

"그래도요."

"걱정하지 마. 무리까지는 아니니까."

"네⋯⋯."

시선을 내리깔고 다시 발끝을 찰랑이는 은여령. 사실 그녀도 지금 이 상황이 굉장히 낯설었다. 그녀는 어려서부터 검을 잡았다. 기억하기로는 아마 여섯 살? 일곱 살? 그쯤부터였다.

그녀의 부모님도 무인이었다. 어머니도 검, 아버지도 검. 당연히 강호에서 만났고, 혼인했다. 그러니 그녀가 검을 일찍 잡은 것은 이상한 일이 아니었다. 그렇게 검을 잡고 오 년쯤 뒤 이른 나이에 그녀는 백검문에 들어갔다. 강호행 중이던 현 백검문주가 그녀의 자질을 알아보고 부모님에게 직접 가르치고 싶다고 한 것이다. 이후 이 년인가 삼 년 뒤 그녀가 살던 지역에 역병이 창궐했다.

올곧은 정신을 가진 그녀의 부모님은 도망치지 않고 역병과 맞서 싸우다 돌아가셨다. 이후 은여령에게는 검만 남았다. 그래서 고집했고, 매달렸다. 그리하여 얻었다. 단전에 내력을. 이후부터도 당연히 누군가를 가슴에 담은 적이 없었다. 한순간 설렘은 있었으나 지금의 조휘처럼 너무나 자연스럽게, 쉽게 가슴속에 담은 사람은 없었다.

그래서 지금 이 순간이 너무나 설레는데, 웃기게도 설레는 만큼 어색함도 컸다. 무슨 말을 해야 할지도 잘 모르겠고, 어떤 눈빛을 해야 하는지도 모르겠고, 결정적으로 조휘의 얼굴을 바라보기가 쑥스러웠다.

게다가 그녀는 자신의 마음을 알고 나서 다짐한 게 있었다.

복수, 그때까지만 좀 참아줘.

사형제의 복수를 해야 했다.

서창. 그 빌어먹을 단체에 희생당한 사형제들, 곽원일, 왕소산, 장삼걸, 장소취. 이 넷의 복수를 해야 했다. 다짐했다. 반드시 그런 계략을 짜고 명령을 내린 자를 찾아내 죽이겠다고. 백검의 기치에서 벗어난 것도 그런 이유가 들어가 있었다. 백검은 복수를 하지만, 아무래도 황실에 복수하기는 힘드니까. 그리고 했다가는 백검에도 피해가 가니 나온 것이다. 그 과정에서 조휘를 만난 거고.

아니, 이용한 것이다.

그렇게 복수를 위해 한 사람을 끌어들이는 치졸한 짓을 해버렸는데, 웃기게도 오히려 그 사람을 가슴에 담았다.

복수할 때까지는 참아야 되는데, 그래야 되는데 쉽지가 않았다. 마음이 그렇게 움직이질 않고 있었다. 주인의 마음을 아주 대놓고 무시하고 있었다. 심장은 지나치게 빨리 뛰고 볼은 피어오른 열에 터질 것 같았다. 그나마 발이라도 담그고 있으니 다행이었다. 그런 마음이라 은여령도 더 이상은 말을 아꼈다.

조휘도 먼저 말을 꺼내지는 않았다.

하지만 달빛 아래 서로의 감정은 교차하고, 확인하고 있었다.

제70장
진 씨 남매

태산까지는 금방이었다.

쉬지 않고 달렸더니 제남성 바로 아래 태산까지 딱 사흘 걸렸다. 직접 마주한 태산은 현과 성의 딱 중간 단계의 크기였다.

곡부나 추성보다 조금 부족한, 아주 큰 현이었다. 조휘는 이곳에 오면서 하나 의문을 품었다. 이화매는 분명 제남에 있었다. 조휘가 제남에서 빈주로 향했으니 그건 확실했다. 그럼 이화매의 출발지는? 물어봤더니 청도에서 제남으로 향했다고 한다. 청도에서 제남까지 가는 길에 딱 하루만 투자해도 태산에 들렀다가도 시간은 충분하다. 그런데 이화매는 그러지 않았고, 서신을 도로 조휘에게 맡겼다.

왜일까?

'내가 직접 전달해야 하는 이유가 있다?'

고민 끝에 내린 답이다.

그리고 그럴싸한 답이기도 했다.

태산에 도착한 조휘는 객잔에 여장을 풀고 휴식을 취하기로 했다. 태산의 모든 객잔이 사람들로 붐볐다. 그 사람들 중 태반이 거의 방랑객이었고, 태산의 절경을 구경하러 온 연인들, 관광객이었다.

그러다 보니 그들이 고용한 무인도 많이 보였다. 웬만하면 밖에서 노숙을 하려고 했지만 사실 밖이나 안이나 위험한 건 매한가지라 조휘는 그냥 편하게 휴식을 취하는 게 낫다 싶었다. 하지만 경계는 아주 확실히 하고 있었다.

삼 인 일 조로 나누어 객잔 밖과 안을 철통 경계하고 있었다. 조휘는 이층에 있었다. 저녁 먹을 때인 유시 경이라 그런지 아주 꽉 차 있었다. 그래서 조휘나 은여령, 다른 조장들도 살짝 날이 서 있는 상태였다.

"위지룡."

"네."

"니가 예전에 그랬지? 강호에서 가장 시비가 많이 붙는 장소가 객잔이라고."

"하하, 기억하고 있습니까?"

"그럼. 전역하고 첫 객잔에서 바로 일이 있었거든."

그 말을 하면서 힐끔 은여령을 보는 조휘. 그녀는 조휘의 웃음에 슬며시 웃음 지었다. 극단적이지는 않지만 확실한 변화였다. 그래서인지 다들 놀라서 눈을 동그랗게 떴다. 이화가 팔꿈치로 은여령의 옆구리를 툭툭 쳤다. '언니 뭐야? 이건 무슨 반응이야?' 하면서. 은여령은 그래도 개의치 않았다.

하지만 미소는 금세 사라지고 다시 안색이 살짝 흐려졌다. 사형제들이 떠오른 것이다. 아주 당연한 수순이었다.

조휘의 말이 이어졌다.

"어쩌면 여기서도 그럴 것 같다. 특히 저놈들."

조휘가 턱짓으로 한쪽을 가리켰다.

모두의 시선이 조휘가 가리킨 곳으로 갔다. 난간 끝, 누가 봐도 잘사는 집안 아들임을 알 수 있는 화려한 옷에 검을 차고 있었다. 문제는 이놈들이 아직 초저녁인데도 술을 잔뜩 처마셨다. 예의라고는 개뿔만큼도 없는지 고래고래 웃고 떠들며 아주 지랄도 아니었다.

처음 올라올 때는 저 정도는 아니었다. 근데 워낙에 술을 빨리 마셨고, 그만큼 더 빨리 취했다. 이제 늦어도 일각 정도면 아예 이성이 날아갈 정도로 취할 거다.

"흐흐, 처리합니까?"

장산의 말에 위지룡이 헛소리 말라고 핀잔을 줬고, 중걸과 악도건이 흩어져 경계 중인 공작대에 신호를 보냈다. 뭔가 지랄을 할 것 같으면 가차 없이 제압하라는 신호였다. 사람이 많다 보니 주문한 음식이 나오는 데 걸리는 시간도 길었다. 음식을 가져오는 점소이가 양손에 쟁반을 든 채 계단을 올라오고 있다. 사람이 많으니 조휘가 시킨 음식인지, 아니면 다른 사람이 시킨 음식인지 분간이 안 갔다. 하지만 그게 중요한 게 아니었다.

점소이가 하필이면 그 취한 네 놈이 있는 탁자를 지나가려는데, 한 놈이 발을 대놓고 내밀었다.

그 뒤는 뭐, 뻔했다.

"어, 어어! 악!"

당혹스런 신음 뒤 뾰족한 비명과 함께 점소이가 넘어졌다.

"으하하! 점소이란 놈이 음식 좀 들었다고 제대로 걷지도 못하냐! 으하하핫!"

"하하하! 이 미친놈아, 니가 발 걸었잖아?"

"걸었지. 그럼 피했어야지. 피했으면 안 넘어졌을 거 아냐? 으하핫!"

미친놈들이었다.

쓰러진 점소이가 울상을 한 채 바닥에 쏟아진 음식을 손으로 쓸어 담았다. 보통 객잔의 점소이는 어린아이를 쓴다. 그리고 그 어린아이의 손으로 뜨거운 음식을 만졌으니 화상을 입는 건 당연했다.

움찔움찔 놀라면서도 아이는 손으로 음식을 쓸어 담았다. 눈에 맺혀 있던 눈물도 손을 지지는 뜨거움에 결국 주르륵 볼을 타고 흘러내렸다.

객잔 이층의 분위기가 급속도로 식었다.

그리고 놈들은 그 분위기를 알아챘다.

"뭐야, 이 분위기는? 우리 비천사호의 장난에 불만이라도 있나?"

비천사호.

하늘을 나는 네 마리의 호랑이라는 뜻이겠지만 조휘의 머릿속에서는 네 마리의 복날 맞은 개새끼로 알아서 재해석되고 있었다.

조휘는 협객이 아니었다.

성인군자는 더더욱 아니었다.

하지만 이런 상황을 무시할 만큼 냉혈한은 더더욱 아니었다. 조휘의 인상이 굳는 걸 보고 장산과 위지룡이 의자를 드르륵 밀면서 일어났다. 악도건과 중걸도 마찬가지였다. 특히 악도건의 표정은 정말 무시무시했다.

원거리 지원조인 악도건이다. 그러니 살기를 최대한 절제해야 하는 위치라 웬만하면 흥분하는 일이 없던 그가 지금 악귀 저리 가라 할 정도의 표정을 짓고 있었다. 아마 그의 불우하던 어린 시절의 추억이 떠올랐고, 그게 악도건을 제대로 자극한 게 분명했다.

네 사람이 성큼 한 발자국 딛는 순간, 이층으로 일남일녀가 올라왔다. 이제 갓 이십 대 초중반쯤 되었을까? 쌍둥이인지 이목구비가 굉장히 비슷했다. 청년은 앞치마를 두르고 있고 여인은 수수한 차림새였다.

조휘는 입구에서 여인을 봤다.

딱 보니 남매이고 둘이 이 객잔을 운영하는 것 같았다.

올라온 청년이 성큼성큼 걸어 스스로를 비천사호라 지껄인 이들에게 다가갔다. 얼굴에는 조휘와 비슷한 미소가 걸려 있다.

"다시 말해봐라. 니들이 뭐라고?"

"뭐야, 이 새끼는?"

빡!

두둑!

순식간에 돌려 찬 청년의 발바닥에 대꾸한 놈의 턱이 돌아갔다. 얼마나 빠르게 걸어왔는지, 그리고 어찌나 세게 찼는지 목뼈가 부러진 게 아닐까 하는 소리가 들렸다. 신음도 흘리지 못하고 쓰러지자 상황을 바로 이해하지 못한 놈들이 '어?' 하는 표정을 지었다. 그러나 그것도 잠깐, 바로 비틀거리며 일어나 검을 뽑았다.

"가, 감히 우리 비천사호에게 시비를 걸다니, 죽고 싶냐!"

"비천사호라……. 감히 태산의 금기어를 사용하다니 죽어도 억울해하지 마세요."

여인의 입에서 흘러나온 한마디는 사내의 말보다 더 싸늘했다.

"죽어!"

한 놈이 대놓고 여인의 가슴에 검을 찔러 넣었다. 범인들은 놀라 눈을 감았다. 이대로 여인의 가슴에 검이 박히겠구나 하는 생각과 함께. 하지만 그건 기우였다. 여인은 바로 탁자에 있던 길쭉한 나무젓가락 한 쌍을 말아 쥐어 검의 옆면을 끊어 쳤다. 그러자 검은 바로 경로가 비틀렸고, 다시 여인의 발끝이 놈의 정강이를 툭 쳤다. 그러자 쭉 밀린 발 때문에 저절로 상체가 앞으로 숙여졌다.

푹!

그 순간 검을 때린 젓가락이 엎어지려는 놈의 승모근에 처박혔다.

"끄아아악!"

이층을 울리는 처절한 비명.

"추경! 이 미친년이!"

순식간에 일어난 일에 다른 두 놈이 여인에게 달려들었다. 하지만 두 놈이 잊은 게 있었다. 여인과 쌍둥이인 사내도 있다는 걸.

꽈직!

옆에서 대놓고 밀어 찬 발차기가 무릎을 안으로 꺾어버렸다.

"크악!"

"시끄러."

빠각!

이어 올려친 손바닥이 턱을 그대로 작살 냈다. 남은 한 놈이 청년의 행동에 놀라 그대로 종으로 검을 뺐다.

청년은 어느새 손에 든 쟁반으로 귀찮게 구는 파리를 쫓듯 휘둘렀다.

빡!

정확히 손목을 쳐버렸고, 그에 놀란 놈은 검을 놓쳤다. 하지만 검에는 힘이 담겨 있었다. 직선으로 쭉 뻗어 나간 검 끝이 정확히 바닥에 주저앉아 있는 점소이에게 향했다. 움찔! 너무 놀라 굳은 점소이를 보는 청년도, 여인도 굳어버렸다. 이층에 있던 손님들도 마찬가지였다. 창졸지간에 일어난 일이라 반응이 너무 느렸다.

하지만 이미 긴장하고 있던 사람들이 있었다. 공작대가 그랬고, 조휘와 은여령도 어느 정도 긴장하고 있었다. 그래서 바로 반응할 수 있었다.

은여령의 신형이 쏘아졌고, 비슷하게 조휘도 몸을 날렸다.

착!

은여령은 정확하게 검병을 잡아챘고, 조휘는 점소이의 목덜미를 잡아 옆으로 휙 돌렸다.

순식간에 일어난 일이라 이층은 잠시 고요했다가 '오오!' 하는 탄성이 흘렀다. 청년과 여인은 안도의 한숨을 내쉰 뒤 고개를 꾸벅 숙여 감사의 인사를 전했고, 조휘와 은여령이 고개를 끄덕이자 바로 얼굴을 돌리고 굳어 있는 놈을 노려봤다. 싸늘히 굳은 두 쌍의 눈동자에 완전히 얼어붙은 놈이 '히익!' 하고 요상한 신음을 내더니 바닥에 주저앉았다.

"당신은 안 되겠네요. 검을 쥘 자격이 없어요."

"감히 태산에서 비천의 이름을 그 더러운 입에 담다니, 그것만으로도 죽어 충분한데?"

"살인은 안 돼요."

"그래? 그럼 살아도 사는 게 아니게 만들어주지."

여인은 고개를 끄덕였다.

무언의 긍정이다.

"악! 사, 살려줘!"

"우리 집안은 대대로 군부 집안이다!"

"외친도 황실에 몸담고 있단 말이다!"

스스로를 비천사호라 칭한 자들이 외쳐댔지만 둘은 눈 한번 깜빡이지 않았다. 이어서 꽈득, 꽈드득, 두둑 끊어지고 빠지는 소리가 들렸다. 물론 그때마다 '악! 끄아악!' 하는 고통에 찬 비명도 같이 흘러나왔다. 청년의 손속은 과감하고 망설임도 없었다.

마치 많이 해본 것처럼.

여인은 바로 조휘가 다시 내려준 점소이에게 다가왔다. 그러더니 바로 손을 잡아챘는데 손이 새빨갛게 익어 있다. 그 뜨거운 것을 여린 살갗으로 쓸어댔으니 멀쩡할 리가 없었다. 여인의 눈빛에 안쓰러움이 담겼다. 하지만 나오는 말은 엄했다.

"이 뜨거운 걸 그냥 손으로 만지면 어떡하니?"

"죄, 죄송해요⋯⋯. 흑!"

이제 겨우 열서너 살 정도 되어 보이는 아이다. 성장 과정에 따라 의젓할 나이기도 하지만 보통 이 나이 또래에는 지금 이 아이처럼 우는 게 정상이다. 아이의 울음에 여인은 한숨을 내쉬었다.

"뚝. 언니가 말했지. 초연이는 가장이니까 강하게 커야 된다고."

"흑! 네, 네에……."

언니.

호리호리하고 머리도 더벅머리라 사내인 줄 알았더니 여아였다. 여아라는 걸 알고 나니 왜 머리를 저리 쥐 파먹은 것처럼 잘랐는지도 이해가 갔다. 아마도 강해 보이고 싶고 괜한 일에 말려들기 싫어서였을 거다. 그리고 낚아챌 때 지나치게 가볍다 했는데 그건 못 먹어서가 아니라 여아라서 그랬던 것이다.

"얼른 주방으로 가서 찬 헝겊에 손 감싸고 갈 의원님 댁으로 가."

"하, 하지만……."

"얼른!"

"네, 네."

이제야 목소리도 여자아이였다.

초연이라 불린 점소이가 계단을 통해 내려가자 청년은 장내를 깨끗이 정리했다. 네 마리의 술 취한 개새끼들은 이층인데도 그냥 밖으로 내던졌다. 떨어져서 팔다리가 부러지든 목이 꺾여 죽든 말든 신경도 쓰지 않는 얼굴이다. 이어 두 쌍둥이 남매가 조휘와 은여령 앞에 나란히 섰다.

"도움 주셔서 감사합니다. 이 진가(鎭家)객잔을 운영하고 있는 진호영입니다."

"진호란입니다."

우연인가?

두 사람의 성도 진 씨였다.

*   *   *

조휘는 굳이 의문을 품진 않았다.

중원천하에 진 씨가 매우 희귀한 성씨도 아니기 때문이다. 조휘도 가볍게 예를 취했다.

"진조휩니다."

"은여령이에요."

이어 조현승과 오현 등이 마주 인사를 했다. 객잔의 소란스러움은 어느새 잦아들었다. 다들 저녁을 먹거나 지인들과 가볍게 술을 마시며 대화를 이어나가기 시작했다. 청년 진호영이 여인 진호란에게 말했다.

"나는 주문이 밀려 있으니 가서 마저 할게. 밑에는 애들한테 알아서 하라고 할 테니까 너는 이분들 신경 좀 써줘."

"네, 수고 좀 해줘요."

"수고는 무슨. 그럼 이따 뵙겠습니다."

조휘는 진호영의 인사에 가볍게 고개만 끄덕였다. 솔직히 말해서 조휘는 이 두 사람이 마음에 들었다. 가진 바 무력은 솔직히 말해 가늠이 불가능했다. 은여령이 아무런 말도 안 했을 정도이니 정체를 숨긴 은거고수 정도라 할 수 있었다. 하지만 그런 이유 때문에 이 두 사람에게 호감이 가는 건 아니었다.

소란이 일어나는 즉시 해결하러 올라오는 행동력이나 점소이를 진심으로 챙기는 모습이 매우 마음에 들었다. 객잔의 주인 된 입장이면서 평판보다는 내 사람을 신경 쓰는 모습, 그런 모습에 호감이 간 것이다.

"서 계시지 말고 앉으세요."

"네."

여인이다 보니 대답은 자연스럽게 은여령이 했다. 아니, 은여령이 먼저 나섰다. 슬쩍 보니 눈빛에 짙은 호기심이 차 있다. 딱 보니 그건 무인의 호승심이었다. 한비연은 뒤늦게나마 알아챘다.

하지만 지금 조휘도 그렇고 은여령도 이 진호란과 진호영의 경지를 측정할 수가 없었다. 애초에 무인이라는 느낌이 아예 들지 않는 둘이다. 만약 좀 전의 일이 아니었다면 끝까지 몰랐을 것이다.

"대단하시네요."

"과찬이에요. 은 소저도… 으음, 무서울 정도인데요?"

진호영, 진호란.

둘 다 인상이 굉장히 짙었다.

진호영은 전형적인 호방한 사내의 상이다. 부리부리한 눈매부터 시작해 이목구비 전체가 시원시원했다. 진호란도 마찬가지였다. 여인치고는 어깨가 상당히 넓었다. 그러면서도 균형이 아주 탄탄했다.

자연스레 차를 따르는 진호란의 손을 보니 굳은살로 가득하다. 조휘는 저런 손을 본 적이 있다. 그리고 그 손의 소유자는 바로 지척에 있다. 바로 중걸이다. 창(槍)을 사용하는 중걸의 손이 딱 저랬다.

"사문을 알 수 있을까요?"

"은성검이 궁금해하시는데 당연하지요. 다시 정식으로 소개할게요. 비천진가에 적을 둔 진호란이에요. 좀 전 저랑 똑같은 생김새의 청년은 제 이란성쌍둥이 오빠고요."

"역시……."

은여령은 작게 감탄했다.

비천진가(飛天鎭家).

무슨 이야기 속에나 나올 법한 가문이지만 이제 조휘도 안다. 눈앞의 이 여인이 비천성의 인물이라는 걸. 만나기 어려울 줄 알았더니 웬걸, 태산에 들어서자마자 만났다. 우연일까?

'아니지.'

그냥 만날 인연이었던 거다.

"현재 은성검은 오홍련에 적을 뒀다고 들었는데, 맞나요?"

"제가 은성검인 걸 아시면서 물으시네요."

"확인 차예요. 산동에서 비천성이 모르는 건 없다지만 그래도 확인은 해야 하니까요."

진호란이 가볍게 웃었고, 은여령은 가볍게 고개를 끄덕였다. 물론 조휘도 고개를 끄덕였다. 오홍련은 물론 자신도 충분히 진호란처럼 생각하고 행동했으니까. 진호란의 시선이 이번에는 조휘에게 넘어왔다.

"진조휘라는 이름이니 마도라 불리는 분이겠군요."

"네."

"위명은 익히 들었어요."

"아닙니다."

"산동성에 있는 제가 알 정도랍니다. 마도의 위명은 충분히 강호에서도 쟁쟁해요."

"……."

조휘는 가볍게 고개만 끄덕였다.

저렇게 대놓고 칭찬하는데 그걸 계속 부정하기도 그렇고, 그렇다고 덥석 물어서 '그렇습니까?' 하고 대답하기도 좀 그랬기 때문이다.

"근데 제가 아는 분에게 들은 마도와는 좀 달라요. 그사이 무슨 일이 있었나 봐요?"

"저에 대해 누가 얘기를 했습니까?"

"진 소협도 만나본 적이 있는 아이예요. 한비연이라고."

"아아……."

한비연.

그 요상한 바람 같던 여인.

한쪽은 묵언의 후예이고 이쪽은 비천의 후예이다. 동시대를 호령했고, 그 말살시대에서도 살아남았으니 서로 교류가 있었다고 해도 이상한 일은 아니었다.

"아무래도 소청단이 진 소협에게 어떤 영향을 미쳤나 봐요."

"소청단?"

"비연이가 마도라는 이에게 빚이 있어 미안하다고 이 제독에게 건네줬다 들었어요. 당신에게 주라고."

"……."

조휘는 금시초문이다. 그래서 은여령을 바라보자 그녀는 작게 고개를 끄덕여 수긍했다. 자신이 모르는 거야 당연한 일이다. 죽은 듯 자고 있었고, 그때 물에 개어 먹였으니까.

"지금은 아주 갈무리가 잘된 도를 보는 기분이에요."

"음……."

애매함에 조휘는 살짝 말끝을 흐렸다. 한비연의 도움을 받았는지는 당연히 몰랐다. 사실 요즘 자신의 상태가 낯설면서도 이상하게 익숙한 기분이 들었다. 분명 생각하는 게 변했다. 언제나 날이 서 있던 조휘이다.

마도(魔刀).

극히 간결하면서도 무거운 별호.

왜놈들이 가장 증오하고 두려워하는 별호.

금의위, 동창과 서창의 척살 순위 영위를 자랑하는 별호.

마도라는 별호는 그만큼 무거웠다.

조휘가 아니었다면 누구도 감당하지 못할 만큼.

그런데 그런 마도가, 날이 바짝 서서 사해에 적을 두었다 해도 과언이 아닌 마도의 성격이 변했다.

닿기만 해도 베일 것만 같던 예기는 어디로 가고 훈풍이 분다 해도 될 정도로 변했다. 말투도 변했고, 표정도 변했고, 눈빛도 변했고, 성격 그 자체도 변한 것 같았다. 진호란의 말에 공작대 전체가 공감했는지 전부 고개를 끄덕였다.

사람이 확 변하니 뭔가 어색하긴 한데, 그렇다고 약해진 것 또한 아닌 것 같아서 긍정적으로 보고 있는 차였기 때문이다.

조휘가 잠시 고민 중인 와중에 진호영이 쟁반 가득 음식을 담아 올라왔다. 그 뒤로 다른 점소이들이 줄줄이 쟁반을 들고 올라왔다. 그리고 정확히 공작대의 앞에만 놓고 내려갔다. 그걸 보며 조휘는 피식 웃었다.

저 진호영이라는 사내, 이미 공작대원들을 정확히 전부 파악하고 있는 거다. 얼마나 대단한가.

'이게 급이 다르다는 건가.'

여태껏 조휘는 많은 벽에 부딪쳤었다.

타격대에서는 적각무사 놈들한테,

조선에서는 적무영한테,

다시 중원으로 돌아와서는 상실시대의 후예들한테.

세상은 역시 넓고 강자는 많았다.

"일단 저녁부터 먹어요."

"그러지."

은여령의 말에 생각을 멈추고 식사를 시작하는 조휘. 진호영이 진호란의 몫까지 같이 가지고 와서 다 같이 식사를 했다.

그러는 사이 어느새 유시가 지나가고 술시 초가 됐다. 객잔의 손님은 점차 줄어들었고, 이층에는 공작대와 진호영, 그리고 몇몇 무인을 빼고는 아무도 남지 않았다. 그때쯤 진호영이 올라왔다.

씻은 것 같지도 않은데 뜨거운 주방에서 일한 사람치고는 굉장히 멀끔한 모습이었다. 그는 진호란의 옆에 앉아 동생이 따라주는 차를 단숨에 쭉 들이켰다. 차를 마시는 방법치고는 굉장히 호쾌했다. 물론 예를 따지는 사람이라면 눈살을 찌푸렸겠지만 이 중에 예를 따지는 사람은 아무도 없었다.

연거푸 석 잔을 마시고 나서야 잔을 손에서 놓는 진호영.

"후아, 살겠다. 더워 죽는 줄 알았네."

"오라버니."

"왜?"

"이쪽은 은성검 은여령 여협이에요."

"은성검? 백검의 은성검?"

"네."

"오오!"

진호영의 얼굴 가득 호기심이 찼다. 물론 그 호기심은 여인

은여령이 궁금한 게 아닌, 무인 은성검이 궁금해 생긴 호기심이었다.

"반갑습니다. 비천진가의 진호영입니다."

"오홍련의 은여령이에요."

"아, 그랬지. 적을 옮겼다고 했지. 어쨌건 반갑습니다. 하하!"

"저도 비천의 후예를 만나게 되어 반가워요."

그때 진호란이 손을 들어 흐름을 툭 끊었다. 진호영은 동생의 행동에 뭐라 말을 꺼내려다 막혔고, 불만스러운 표정으로 동생을 바라봤다. 그러거나 말거나 진호란은 소개를 이어나갔다.

"이쪽은 오홍련의 마도 진조휘 소협."

"오호, 그 별호도 들어봤지. 반갑습니다. 진호영입니다."

"오홍련의 진조휘입니다."

"하하, 이거… 두 분이 다 오홍련의 인물이니 저들은… 그래, 이 제독이 심혈을 기울여 탄생시켰다는 공작대겠군."

"맞습니다."

"어쩐지 날카롭다 했습니다. 하하!"

진호영에게는 가식이 느껴지지 않는 호방함이 있었다. 딱 생김새 그대로 성격을 가진 진호영이 갑자기 은근한 눈빛으로 조휘를 바라봤다. 그 눈빛에 뭐가 있는지 조휘는 알 수 있었다. 무(武), 순수하게 그것만을 고집하는 자들의 눈빛.

모를 리가 있나. 좀 다르긴 하지만 생존을 위해 투쟁하던 자신의 눈빛이 저랬는데. 하지만 방해자가 있었다.

"안 돼요."

"오라버니."

그것도 둘이나.

은여령과 진호란이었다.

은여령은 조휘가 아직 몸 상태가 정상이 아니란 걸 알고 있었다. 틈틈이 근력을 다시 정상으로 돌리기 위한 수련을 하고 있지만 얼마나 지났다고 벌써 근력이 회복됐을 리가 없었다. 그러니 은여령은 막았다.

진호란도 은여령의 이유와 비슷했지만, 무례하다는 이유가 더 컸다. 예전에 들은 것 같은 한 구절.

비천의 후예는 바위처럼 진중하고, 광검의 후예는 야차처럼 사납고, 묵언의 후예는 바람처럼 거침이 없다.

비천은 사실 예를 따지는데, 그게 진호란만 그랬다. 특성이 두 사람에게 나눠져서 흘러들어 간 것 같았다.

"어떻게 안 될까?"

"안 돼요. 이상한 소리 할 거면 그냥 성으로 돌아가세요."

낯빛 하나 변하지 않고 칼같이 거절하는 진호란이다. 그에 오라버니라 불렸으니 먼저 태어났을 진호영은 혀를 차고는 삐친 듯이 고개를 돌렸다. 그러거나 말거나 진호란은 조휘와 은여령에게 살짝 고개를 숙였다.

"죄송해요. 제 오라버니가 아직 철이 좀 없어서."

"아닙니다. 순간 저도 흔들렸습니다. 그러니 괘념치 마십시오."

"그리 말해주셔서 감사해요."

조휘의 좀 전 말은 사실이었다.

무(武)에 대한 호승심, 조휘라고 없을까? 아니다. 조휘에게는 강해져야 하는 이유가 있었다.

적무영. 반드시 찢어 죽여야 하는 그 괴물 때문이다.

조휘의 성격이 변했다고 복수심이 옅어진 건 아니었다. 오히려 잘 알고 있었다. 한쪽에 그 모습 그대로, 그 크기 그대로, 그 감정 그대로 밀려나 있을 뿐이고, 특정 조건만 완성된다면 다시 중심으로 나와 화르르 타오를 거라는 걸.

그러니 자신은 강해져야 한다.

그 생각엔 변함이 없었다.

그럼 자신의 무(武)를 단련하는 가장 좋은 방법은 뭘까? 당연히 실전이다. 목숨이 오락가락하는 생사의 갈림길에서의 처절한 사투만큼 좋은 방법도 없었다. 하지만 인간인 이상 매 순간, 매 수련을 그렇게 할 수 있을 리가 없었다.

그렇다면?

대련이다.

강호 식으로는 비무(比武)라고 하는 무의 겨룸만큼 좋은 방법이 없었다. 그렇기 때문에 진호영이 은근한 눈길을 보냈을 때 솔직히 받으려고 했다. 그러나 두 사람이 저렇게 말려대니 고집을 피울 수가 없었다.

예전이었다면?

그냥 말없이 일어나 가자고 눈빛을 보냈을 것이다. 진짜 마도가 마도답지 않게 변했다는 사실을 보여주는 모습이다.

"쳇. 알았어. 알았다고."

"제가 좀 많이 바라나요? 기본적인 것만 지켜주세요."

"알았다니까. 잔소리 좀 그만해."

"오라버니."

"에휴."

한숨을 내쉰 진호영이 다시 조휘를 바라봤다.

"뭐, 우리 둘 다 원하는 건 못 얻을 것 같으니 이제 그만 용건이나 들읍시다."

조휘도 고개를 끄덕였다.

자신의 가슴을 툭 쳐 서신을 확인한 조휘가 천천히 대답했다.

"비천성에 이 제독의 서신을 전달하기 위해 왔습니다."

"이 제독의 서신?"

"네."

조휘는 품에서 서신을 꺼내 보였다.

물론 건네지는 않았다.

제71장
비천성(飛天城)

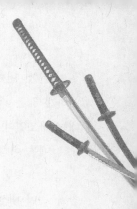

비천성(飛天城).

당금 천하에 가장 신비한 세 단체 중 하나이며, 상실시대를 견뎌낸 위대한 단체이다. 하지만 세인들은 이런 비천성에 대해 거의 모른다. 누가 세웠는지, 어떤 일을 했는지, 지금은 누가 살고 있는지 아무것도 모른다.

태산의 바로 지척에 세워졌는데도 실제 태산에 사는 이들조차 모를 정도로 기묘하고 신비한 성이 바로 비천성이었다.

그런 비천성으로 일단의 무리가 들어섰다. 당연히 조휘와 공작대였다. 진호영과 진호란이 앞서서 안내했고, 조휘는 천천히 주변을 둘러봤다. 처음 드는 감상은 단단하다는 느낌이다.

일단 첫 번째 성문을 통과하면 외성 지역이 나온다. 무시무시하게 넓은 타원형 구조의 성벽이 적의 방어를 철저하게 막아내는 구조였다. 예전에는 사람이 살았는지 가옥이 매우 많았다. 두 남매는 이렇다 저렇다 설명을 하지 않았다.

그냥 느릿한 걸음으로 조휘와 공작대를 안내할 뿐이었다. 한참을 걸어 내성으로 들어서니 이번에는 아예 산이다. 내성은 산을 아예 빙 둘러 쌓아 올렸다. 수려한 외관이 가장 돋보였다.

"와!"

"좋다!"

은여령과 이화의 입에서 감탄이 흘러나왔다. 전혀 생각도 못한 수목림에 들어서자 마음이 확 정화되는 기분이다. 이상한 기분이다. 숲이야 한두 번 들어서본 것도 아닌데 여긴 달랐다. 청량감. 그게 완전히 달랐다.

한참을 올라가니 자그마한 오두막 한 채가 보였다. 두 남매가 안으로 들어가고, 조휘는 조장들에게 눈짓으로 쉬게 하고는 안으로 따라 들어갔다.

"부모님은 지금 일이 있어 대월국에 가셨습니다. 용건은 저희가 받도록 하겠습니다."

"네."

조휘는 서신을 진호영에게 건넸다.

서신을 뜯은 진호영은 진지한 표정으로 끝까지 읽고 동생에게 건넸다. 진호란이 심유한 눈빛으로 서신을 읽고 내려놓자 서신은 다시 조휘에게 건너왔다.

"이 제독께 전해주세요."

"불가하오."

첫 번째 말은 진호란이, 두 번째는 진호영의 대답이다. 조휘는
서신을 들어 찬찬히 읽었다. 서신에는 현 강호의 정세, 방치했을
경우 다가올 파국 등이 적혀 있고, 그러니 비천성의 도움을 원한
다고 적혀 있었다.

얼추 예상한 내용이다.

하지만 조휘가 여기까지 오면서 생긴 의문이 문제이다.

왜 이 제독은 서신을 직접 안 건네고 자신에게 전달하라고 했
을까? 바빠서? 아닐 거라고 조휘는 생각했다.

반나절? 작정하고 달려오면 그 정도면 충분히 전달이 가능하
다. 그런데도 제남으로 갔다가 돌아간 이화매다.

'물어볼까?'

그런 생각이 들었지만 빠르게 사라졌다.

심증만 있을 뿐이다. 그러니 정확하지도 않은 걸 묻기에는 조
휘가 그리 뻔뻔한 성격이 아니었다.

그러니 이 용건만 끝내면 된다.

"그리 전하겠습니다."

"죄송합니다."

"아닙니다."

못 도와준다고 욕을 할 수는 없는 법이다. 저 둘은 딱 봐도

제대로 된 사람들이다. 그런 둘이 나서지 못하는 이유가 분명 있을 것이다. 그걸 또 꼬치꼬치 캐물을 성격은 아니니 조휘는 가볍게 대답하고 자리에서 일어났다.

여기까지 굳이 올 필요가 있었을까 하는 생각이 일순간 들었지만 어쩌겠나, 못 도와준다는데.

"오늘은 밤이 깊었으니 하루 쉬고 가십시오. 자리는 곧 마련하겠습니다."

"배려, 감사히 받겠습니다."

이미 늦은 밤이다.

진호영의 말을 받은 조휘는 가볍게 읍을 하고 밖으로 나갔다. 용건은 끝났다. 이제 마음 놓고 하루 쉬고 내일 일찍 출발해 주산군도로 돌아가면 된다. 숙소에 여장을 풀어놓은 조휘는 공작대에 개인 휴식을 명했다.

이곳은 절대적으로 안전한 장소였다. 당금 황실도 감히 비천의 후예는 건드리지 않는다고 했으니 일단은 마음을 좀 풀어주기로 했다.

너무 팽팽하게 당겨놓으면 언젠가는 끊어진다. 느슨하게 풀어줄 필요도 있다는 걸 조휘는 잘 알았다.

청량함이 가득한 숲으로 들어선 조휘는 가볍게 산책하는 마음으로 천천히 걸었다. 물론 뒤에는 은여령이 따라붙어 있다. 적당한 간격을 두고 따라오는 은여령. 어느 정도 걷자 숲 속에 넓은 공터가 나왔다.

인위적으로 만든 장소이다.

수련장인지 나무가 날붙이에 파인 상처도 보였고, 바위도 부분부분 깨져 있는 것들이 보였다. 아마 두 남매의 수련장 같았다. 비천성에서 둘 빼고 아무도 본 적이 없으니까. 조휘는 수련장을 지나 오솔길처럼 난 소로를 따라 걸었다.

이 산, 이 숲, 정말 대단했다.

코로 흡입되는 이 산의 공기는 이상하다 생각될 정도로 정화의 느낌이 강렬했다.

'혹시 이것 때문에 보냈나? 공작대도?'

긴장 좀 풀고 오라고?

어느새 옆에 서 있던 은여령이 조용히 말했다.

"이 산 때문에 보낸 게 아닌가 싶어요."

"나도 그 생각 했어."

공작대는 그간 너무 많은 작전을 수행했다.

그리고 그 작전 전부 피를 동반했다. 적의 피를 더 많이 봤지만 아군의 피도 봤다. 그런 정신적 충격이 심신에 쌓여 있을 게 분명했다. 그렇게 쌓인 것들이 나중에 어떤 방식으로 터질지 모른다.

그러니 미리미리 정화시키는 게 최고이다.

한참을 올라가고 있는데 나무가 점점 사라졌다. 언덕이라 해도 될 정도로 낮은 산이어서 그런지 금방 정상에 올라왔다.

"이야……!"

"아······!"

두 사람은 눈앞에 펼쳐진 온갖 화초의 절경에 감탄을 흘렸다. 한쪽은 나무가 있는 숲이더니 정상 반대쪽은 아예 꽃밭이다. 인위적으로 산을 개간하고 꽃을 심은 걸까? 불쑥 든 생각이지만 그건 솔직히 중요하지 않았다.

이 지독한 화사함이 중요하지.

그렇게 취해 있어서였을까?

"허허, 오랜만에 손님이 왔구나."

*　　　*　　　*

흠칫!

차앙!

움찔한 조휘가 본능적으로 뒤돌아서며 풍신에 손을 대는 순간, 이미 내력을 돌린 은여령이 가공할 속도로 발검을 했다.

슈아악!

"어이쿠!"

하지만 이 불청객은 은여령의 검을 그냥 잡아버렸다. 말 그대로 손가락으로 은여령의 검을 잡아버렸다. 치익 하는 소리가 나면서 하얀 연기가 잠깐 피어올랐다 꺼졌다.

"허······."

"······."

그 믿지 못할 광경에 조휘는 눈을 부릅뜨고 허탈한 탄성을 흘렸다. 말이 되나? 내력까지 담긴 검격이었다. 근데 그걸 손으로 잡아? 사람은 상식이 파괴되는 순간이 오면 그걸 한순간에 이해할 수가 없다.

"어, 어떻게……?"

지금의 은여령처럼 말이다.

너무 놀랐는지 검까지 놓쳐 버렸다. 아니, 정확히는 검날을 쥔 손을 털어 은여령의 손에서 검을 자연스럽게 빼냈다.

"놀라지 말거라. 저 오두막의 주인이니."

그러면서 은여령에게 뺏은 검으로 한쪽으로 가리켰다. 시선이 저절로 따라가 보니 정말 아까 두 남매가 사용하던 오두막보다 더 작은 오두막 한 채가 서 있다. 그렇다면 이 사람은 비천성의 인물이다.

하지만 조휘는 놀람이 가시는 순간 은여령의 팔을 당겨 자신 쪽으로 오게 한 후 뒤로 다섯 걸음이나 더 물러났다.

솔직히 말해 거리를 벌린다고 해서 도망치거나 막을 수 있을 거라는 생각은 하나도 안 드는 조휘였다. 등 뒤로 자신과 은여령의 감각까지 속이고 등장했으며, 놀란 은여령의 검격을 손으로 잡아버리는 괴사를 보여준 자다.

그런 이에게 거리?

헛짓거리가 분명했다.

하지만 이건 본능이었다.

위기의 순간에 저도 모르게 나오는 익숙한 행동이었다. 저 불청객은 지금 조휘의 생존 본능을 아주 강렬하게 자극하고 있었다.

"허허, 그리 경계하지 말게나. 내 나쁜 마음이 있었으면 이리 말도 걸지 않았을 걸세."

"누구… 십니까?"

"호영이와 호란이 갓난쟁이 때부터 업어 키운 사람이라네. 허허."

둘의 할아버지?

하지만 그렇게 보기엔 외모가…….

절대 할아버지란 소리를 들을 외모가 아니었다. 아무리 많이 봐줘도 조휘 본인과 그리 큰 차이가 안 나는 얼굴이다. 그런 얼굴에 할아버지라고? 못해도 오, 육십은 됐다고? 지독한 동안이면 가능하기는 할까?

"이렇게 만난 것도 인연이니 통성명이라도 하겠나? 이 늙은이의 이름은 김연호라네."

"진… 조휩니다."

"은여령이에요."

김 씨 성.

명의 사람이 아니었다. 김 씨 성은 조선에만 있는 성이다.

"허허, 만나서 반갑네. 그런데 그쪽의 여아야, 너는 내력을 익혔더구나. 사문이 어디더냐?"

여아라니…….

은여령의 나이가 지금 몇인데 여아라는 말이 가당키나 한가? 은여령의 표정이 요상하게 일그러졌다. 적의는 눈을 씻고 찾아봐도 없긴 했다. 그리고 비천성 내에 살고 있는 사람이니 비천의 후예라고 봐도 된다.

문제는 저 얼굴로 조휘와 은여령을 완전히 애 취급한다는 데 있었다. 게다가 은여령의 검격을 그냥 손으로 잡아버리는 것까지. 머릿속이 혼란스러워졌다. 그래도 물었으니 은여령이 떨떠름한 표정으로 대답했다.

"백검… 문에서 배웠습니다."

"오호라, 백검의 문하였구나. 그래, 운청 그 아이는 잘 있고?"

"운청이라면… 전 문주님 말씀하시는 건가요?"

"그 아이가 벌써 전대가 되었나?"

"네, 지금은 문 내에서 조용히 생활하시고 있는 걸로 아는데…….."

"허허, 벌써 그 아이도 늙은이가 됐구나. 허허허."

겨우 삼십에서 왔다 갔다 할 외모로 전 백검문주를 아이라고 부른다. 누가 보면 미쳤다고 했을 것이다. 하지만 이상하게도 너무나 익숙해 보였다. 그리고 진짜 더 이상한 점은 정말 저 김연호라는 사람이 전 백검문주도 아이라고 부를 만큼 나이를 먹은 것 같다고 느껴지기 시작했다는 점이다.

아직까지 풍신에서 손을 떼지는 않은 조휘는 김연호를 살살이 살펴봤다. 하지만 아무것도 느껴지지 않았다. 정말 아무것도.
적무영은 그래도 위험하다는 신호는 왔다. 그런데 이자는 위험
하다, 안전하다 하는 분간을 내릴 수가 없었다. 진짜 아무것도
안 느껴졌다. 그게 조휘의 심정을 마구 건드렸다. 등 뒤로 식은
땀이 흘러내리는 순간 김연호가 다시 말문을 열었다.

"세월이 벌써 그렇게 흘렀어. 허허."

허허로움이 느껴졌다.

눈빛은 아련하게 뭔가를 좇고 있었다. 근데 그게 뭔지 당연히
알 턱이 없다. 조휘는 이상한 기분에 사로잡혔다. 정상적이지 않
은, 제대로 설명할 수 없는 그런 느낌.

"그녀가 받은 저주가 이런 것이었던가. 허헛!"

한 차례 웃은 김연호가 조휘와 은여령을 보며 말했다.

"이렇게 만난 것도 인연인데 차나 한 잔 하고 가겠나?"

"……"

가부의 대답을 바로 못한 두 사람이다.

하지만 조휘는 왜인지 잠간 고민 끝에 천천히 고개를 끄덕였
다. 모르겠다. 정말 왜 그 제안을 받아들였는지 모르겠다. 굳이
대답을 하라면 그냥. 이런 성의 없는 대답밖에 못할 것 같았다.

"허허, 고맙네. 따라오시게나."

김연호가 먼저 등을 돌려 걷고, 조휘가 막 발걸음을 떼려는
순간 은여령이 조휘의 소매를 슬며시 잡았다. 조휘가 돌아보자
괜찮겠냐고 눈으로 물어왔다. 조휘는 말없이 고개를 끄덕여 줬

다.

아무것도 안 느껴지지만 조휘는 알 수 있었다.

안전하다는 것을.

조휘가 발걸음을 옮기자, 그 뒤를 은여령이 가만히 뒤따랐다.

＊　　　　＊　　　　＊

모락모락 김이 나는 차를 조휘와 은여령의 앞에 따라준 김연호는 허허 웃고만 있었다. 조휘는 여전히 저 웃음이 적응이 되질 않았다. 자신과 비슷한 연배처럼 보이는 김연호가 이미 뒤로 물러난 전 백검문주를 아이라 부르질 않나, 그걸 포함해 자신들도 완전 애 취급을 하고 있다.

상식적이라면 믿지 않아야 정상이다.

"그래, 백검문에서 무슨 일로 비천성을 찾았누?"

말투 또한 진짜 적응이 안 된다. 하지만 물었으니 일단 대답하는 조휘이다.

"백검문이 아니라 오홍련에서 왔습니다."

"오홍련? 아아, 오홍련……."

조휘의 대답에 싱긋 미소를 짓고 차를 마시는 김연호. 찻잔을 내려놓았을 때는 또 이상하게 어딘가 그리움을 담은 미소를 짓고 있었다.

"이문량 그 친구는 어떻게 됐나?"

"이… 문량?"

조휘는 은여령을 힐끔 바라봤다. 이문량이라는 사람이 누군지 모르기 때문이다. 그런데 은여령도 고개를 갸웃거리고 있었다. 어디서 들어본 것 같긴 한데……. 작게 중얼거리고는 턱을 매만지며 생각에 잠겼다.

'이상한 사람이다. 그건 맞는데……'

도저히 상식에 안 맞는 행동과 말들을 하는데, 이게 진짜 웃기게도 무조건 거짓이라고 말을 할 수가 없었다. 정신이 나간 사람이라고 치부하기에도 김연호는 말과 행동을 빼면 전부 정상이다.

광증이 든 사람이 이렇게 자연스럽게 대화하고 차를 끓여 내오며 사람을 상대할 수는 없는 법이다.

"아……!"

그때 은여령이 작게 탄성을 흘렸다.

"설마 이씨세가 이대 가주님 말씀이세요?"

"허허, 맞네. 초대 제독 아들을 말하는 걸세."

"맞아요. 이화매. 이씨세가 초대 가주 아들 이문량."

"그럼 그 아이가 맞을 걸세. 혹 소식은 아는가?"

"그게……."

이걸 도대체 뭐라고 설명해야 할까?

이씨세가가 세워진 시기는 상실시대이다. 현 이씨세가주 이화매와 똑같은 이름을 가진 여인이 자신을 따르는 이들과 함께 세운 세력이 바로 이씨세가이다. 그리고 당시 황제는 선덕제였다.

그러니 백 년도 훨씬 전의 완전 옛날 사람이다. 살아 있을까? 당연히 이미 타계했다.

"그 아이도 죽었는가?"

"혹시… 지금 황제가 누구인지는 알고 계시나요?"

"지금 황제가… 아아, 그렇군. 허허, 나이가 드니 헷갈렸네. 살아 있을 리가 없지. 그럴 리가 없어. 허헛!"

"……."

이제는 또 정신이 이상한 사람처럼 보였다. 조휘는 그냥 자리에서 일어나야겠다고 생각했다. 도대체가 대화가 진행이 안 되고 있었다. 대화라는 게 서로 알 만한 주제로 진행해야지 이런 식으로 나오면 대화는 절대로 진행이 안 된다.

"내가 미친 사람처럼 보이나?"

김연호가 갑자기 그렇게 물어왔다.

조휘는 뭐라 대답할까 하다가 그냥 고개만 끄덕였다. 이제는 슬슬 정상으로 보이지 않았기 때문이다. 이상하게 끌려서 따라오긴 했지만 사실 이제는 후회하는 중이다.

"이해하네. 나도 내가 미친 게 아닌가 할 때가 많으니까. 하지만 이해해 주게. 주변 지인을 모두 떠나보내고 나면… 어쩔 수 없다네."

"……."

이건 믿을 수 있을까?

아니, 믿을 수 없는 소리다.

"나 혼자만 남았지. 허헛. 그 저주의 대가로 나 혼자만 남았어."

"저주가 뭔지 알 수 있겠습니까?"

"말 그대로네. 나는 죽지 못해…… 허허, 내 나이가 이제 이백을 바라보고 있다 하면 믿겠나?"

"……"

뭐? 몇? 이백?

백세도 아니고 이백이라고?

그걸 퍽이나 믿겠다.

어이가 없어서 실소가 그대로 얼굴로 올라온 조휘다. 김연호는 그걸 보고 또 싱긋 웃었는데, 마치 그럴 줄 알았다는 표정이다.

"믿지 않아도 상관없다네. 그냥… 그래, 들어주기만 하는 걸로도 족하네. 허헛."

"그렇… 습니까."

이상하다.

확실히 이상한 사람이고 이 상황도 이상했다.

'상황이야 내가 변했기 때문에 가능한 거라고 쳐도… 이 사람은 진짜 이상해.'

안 되겠다.

슬슬 내려가던가 해야지.

차를 마시고 조휘는 정중하게 고개를 숙였다.

"잘 마셨습니다. 일행이 있고 내일 새벽 일찍 출발해야 해서 그만 일어나겠습니다."

"그런가? 아쉽구먼."

"죄송합니다. 그럼."

조휘가 자리에서 일어나니 은여령도 바로 따라 일어났다. 그러고는 인사하고 뒤도 돌아보지 않고 다시 왔던 길을 되짚어 숙소로 돌아갔다.

돌아가는 길에 조휘가 물었다.

"믿을 수 있겠어?"

"아니요. 불가능한 일이에요."

"그렇지. 그냥 이상한 사람을 만났다고 생각하자고."

"네."

청량감이 가득한 숲을 지나 다시 내려오면서 생각했다. 매우 이상하고 작위적인 만남. 근데 그냥 넘어가는 조휘였다. 작위적, 조휘의 인생에 어디 그러지 않는 적이 있었나? 그래서 크게 의미를 두지 않은 조휘였다.

*　　　　*　　　　*

주산군도로 돌아온 조휘는 일단 몸만들기에 집중했다. 떨어진 근력을 다시 회복하는 훈련은 해본 일이라 힘들지는 않았다.

이미 한 번 가본 길을 다시 거슬러 올라가는 것이니 당연한 일이다.

조휘는 조휘대로 훈련에 빠져 있고, 공작대도 다시 오십 인 정원으로 보충하고 새롭게 손발을 맞춰보고 있었다.

은여령을 뺀 나머지 전부가 달라붙었고, 수련은 극한이란 단어를 써도 될 정도로 빡세게 진행됐다. 하루에 하나씩 탈진해 기절하는 이가 꼭 나올 정도였다. 천하의 공작대가 탈진해 기절할 정도면 그 강도가 짐작이 간다.

하지만 그 누구도 그만둔다고 하지 않았다.

오홍련에서 조휘가 이끄는 공작대는 최정예 별동대로 대우 받았다. 장비의 지원은 말할 것도 없고 임무는 항상 고개가 절레절레 저어질 정도로 어려운 것들만 받다 보니 봉급도 엄청 셌다.

그러다 보니 명예도 높았다.

오홍련의 대원이라면 들어가고 싶어하지만 절대로 아무나 받아주지 않는 걸로도 유명했다. 아니, 애초에 지원자를 받질 않았다. 내부에서 알아서 뽑아 의중을 물어보고 훈련대원으로 넣는다.

그러니 공작대원의 자부심은 강했다.

그렇게 한 달.

조휘는 딱 한 달 정도 걸려서 근력을 모두 회복했다. 그리고 일주일이 더 지났을 무렵, 이화매의 호출이 있었다.

은여령과 오현, 조현승과 함께 이화매를 찾아가니 그녀는 여전히 산더미 같은 일에 빠져 있었다.

사람이 매일 저렇게 어떻게 사나 의문이 들 정도였다. 반각 정도 기다리자 이화매가 대충 일을 마무리하고 탁자에 와서 앉았다.

"아, 죽겠다. 이러다 일에 치여 죽겠어."

두둑, 두둑.

거칠게 목을 풀면서 죽는 소리를 하는 이화매였다. 하긴, 아무리 철의 여인이라고 해도 저런 업무량이면 저런 소리가 나오는 것도 당연한 일이다. 하지만 조휘는 별 다른 답 없이 가만히 기다렸다.

목을 푼 이화매가 빤히 조휘를 바라봤다.

"역시 많이 변했단 말이야."

"확실히 기세가 변했습니다. 허허."

이화매의 말을 양희은이 받았다.

그리고 두 사람의 말에 조휘를 뺀 나머지 전부가 고개를 끄덕였다. 확실히 그랬다. 근 한 달간 조휘는 근력만 회복한 게 아니었다. 은여령에게 배운 명상을 새벽, 자정쯤에 꼭 한 번씩 했고, 단 한 달이지만 효과가 나타났다.

마도는 사라졌다.

하지만 새로운 마도가 등장했다.

딱 이렇게 정의할 수 있었다.

조휘는 스스로를 많이 관찰했다.

없어진 것을 찾았고, 대체할 방안을 구상했다.

그렇게 한 달이 흐른 지금, 가장 많이 변한 건 겉으로 보이는 여유와 전투 방식이다. 예전의 조휘는 머릿속 생각이 보통 얼굴에 다 드러났다. 희로애락이 기본 바탕인 그 감정들을 굳이 숨기지 않았다는 소리다. 하지만 지금은 아니었다. 냉막한 인상은 아니지만 살짝 굳은 표정. 거기에서는 어떤 감정도 떠올라 있지 않았다.

단 한 달만의 변화치고는 극단적이긴 하지만 이는 좋은 방향으로 변했다고 할 수 있었다. 두 번째 전투 방식의 변화는 풍신과 쌍악을 이용한 전투를 말함이다. 공수의 전환, 주변 지형의 이용, 동료들과의 연계, 그 모든 게 진화했다.

지금은 조장 전부를 상대하면서도 여유가 있는 조휘였다.

"몸은 좀 어때?"

"좋습니다."

"그래? 그럼 슬슬 임무를 줄까 하는데."

"네."

조휘는 거절하지 않았다.

이제는 어차피 이화매와 한 배를 탔다. 그녀의 궁극적 목표와 조휘의 궁극적 목표가 서로 닿았기 때문이다.

"왜놈들이 뿔 달린 놈들을 어떻게 키우는지 아나?"

"아니요. 들어본 적 없습니다."

"그렇겠지. 거의 알려지지 않았으니까. 이놈들이 무사를 키우는 방식은 하나다. 그냥 닥치는 대로 어린아이들을 납치해서 가두고 훈련시킨 다음 서로 죽이게 한다. 천 명을 가두고 오백, 딱 반이 남을 때까지가 일차 선발이다."

"……."

더럽다.

듣는 순간 구역질이 올라올 정도로 더러운 방식이었다. 조휘의 성격상 그런 건 극도로 경멸했다. 조휘 스스로 생각하기에도 자신은 올바른 정도를 걷는 자는 아니었다. 오히려 그 반대, 마도(魔途), 마의 길을 걷고 있었다. 하지만 그래도 저건 아니었다.

납치?

어떤 새끼가 생각한 방법인지 몰라도 찢어 죽여 버리고 싶다. 물론 그와 같은 감정은 조휘의 속에서만 머무를 뿐, 훈련의 영향으로 겉으로 나오진 않았다. 이화매도 비슷한 생각인지 입가에 조휘와 정 반대되는 살벌한 미소가 그려져 있다.

"그리고 오백에서 다시 반이다. 그게 이차고 삼차가 최종인데, 역시 딱 반이 남을 때까지 치러진다. 그렇게 살아남은 놈들이 적각무사가 된다. 그 적각 중 최정예가 청각의 뿔을 달지. 흑각은 예외다. 이건 인외적인 방법으로 그냥 제조하니까."

"……."

"그런데 요즘 중원 천지에서 아이들이 유괴되고 있다. 저번에 제남성에 갔던 이유도 그 때문이지. 돌아와서 자세히 알아봤더니 그 수가 어마어마해. 특히 부모가 없는 고아들은 거의 대부분 유괴당했어."

"설마⋯⋯."

놀랐는지 은여령이 입을 살짝 가리고 말을 흘렸다. 이 정도 말했으면 당연히 눈치채야 한다. 조휘도 당연히 눈치챘다.

"적무영 그 새끼 짓입니까?"

"그 새끼 빼고 이런 짓을 할 새끼가 또 있나?"

"아마⋯ 없겠지요."

"그래, 그 새끼 짓이야. 들어오는 보고로는 이미 다섯 군데에 선발 장소를 마련했고, 훈련은 이미 시작했다. 대략적으로밖에 파악 못했지만 유괴당한 아이의 수는 약 일만."

"일만⋯⋯."

어마어마한 수다.

이들 중 태반 이상이 죽어나간다고 생각하니 속이 쓰린 정도가 아니라 열불이 터졌다. 애들이 무슨 죄인가. 힘이 없는 게 죄인가?

그렇다면⋯⋯.

마(魔)로 단죄해야 한다.

하지만 그 이전에,

"위치는 파악했습니까?"

"아직이다. 현재 모든 역량을 동원해서 뒤지고 있으니 곧 찾을 수 있을 거야."

"음……."

"걱정 마라. 무슨 수를 써서라도 찾는다. 그놈이 이 땅에서 무사를 제조하는 꼴은 절대로 못 본다. 그리고 그 작전은 마도 네가 맡아줘야겠어."

"알겠습니다."

조휘는 단단한 표정으로 대답했다. 이런 작전이라면 청해서라도 직접 하고 싶은 마음이 들불처럼 일어나고 있었다.

"그리고 이거."

"이건?"

"장운 그 새끼에 대한 것."

"……."

장운.

연백호의 죽음과 연관이 있을 수 있는 자.

이화매는 잊지 않고 있었다.

그리고 조휘도 잊지 않고 있고.

"감사합니다."

"됐어. 이번엔 다치지 말고 무사히 돌아오고. 바로 할 일이 또 있을 것 같으니까. 한 달이면 되겠지?"

"네."

"좋아, 가 봐."

"네."

조휘는 자리에서 일어났다.

임무가 떨어졌다.

그 임무를 받들어 날뛰면 된다.

사흘 뒤, 공작대는 다시 주산군도를 떠났다.

제72장
또 다른 복수의 시작

첫 번째 목적지는 북경에서 서쪽으로 하루 거리에 있는 소오 태산이다. 하지만 조휘는 북경이 아닌 광동성으로 떠났다. 목적 지는 광동성 제형안찰사사가 있는 도성 광주였다.

장운.

연백호가 마지막으로 만났다는 놈을 잡아 족치러 광주의 안 가에 들어선 조휘는 바로 장운의 거처부터 파악했다.

놈의 거처는 알기 쉬웠다.

광주 북성로의 정중앙.

정말 딱 정중앙에 있었다. 하지만 문제는 그곳의 경계가 엄청 삼엄하다는 데 있었다. 오홍련에서 준비해 준 정보에 의하면 그쪽은 아예 사설 경비와 정규군이 교대로 철통같이 지키고 있었다.

그래서 조휘의 인상은 좋지 않았다.

"이거 힘들겠습니다. 걸리지 않고 들어갈 수 있는 방법이 없습니다."

"나도 동의해. 하지만 방법은 찾으면 언제고 나오게 되어 있어."

조현승의 말에 조휘는 포기하지 않았음을 전부에게 알렸다. 조장들은 고개를 끄덕였다. 조휘는 그 끄덕임을 보면서 다시 한 번 말했다.

"오면서 말했지만 이건 나와 여기 장산과 위지룡의 개인적인 복수다. 오홍련의 일과는 관련이 없어. 그러니 빠질 사람은 빠져도 된다."

말 그대로 장운 그 새끼는 조휘와 장산, 위지룡 이 셋의 개인적인 복수다. 따라서 아무리 조휘가 공작대의 대주라고 해도 강제로 끌고 할 생각은 없었다. 괜히 나중에 말 나오기 전에 이 부분은 정확히 짚어줬다.

모두의 심정을 오현이 대신 답했다.

"이거 서운하게 왜 이러나? 하나 묻겠네. 우리가 혹여 억울한 일을 당하면 복수 안 해줄 겐가?"

"설마."

"우리도 똑같네."

피식 웃은 조휘는 고개를 끄덕였다.

말한 오현이나 조현승, 악도건과 중걸의 표정은 굳건했다. 그리고 서운해하는 것도 같았다. 하지만 그런 표정들은 금방 사라졌다. 다시 지도에 집중하는 걸 보며 조휘도 시선을 지도로 옮겼다.

문제다. 딱 봐도 그냥 뚫고 들어가는 건 무리가 있었다.

삼엄한 정도가 아니라 저 정도면 거의 인의장벽이다. 오홍련의 본거지가 있는 주산군도보다는 못하지만 그 반은 따라올 정도로 경비를 어마어마하게 배치해 놨다. 게다가 무장 상태도 오분지 일 정도는 총병으로 구성되어 있다. 오 인 일 조로 경비를 도는데 그중 하나는 총병이란 소리였다.

전체 병력은 약 팔백에서 구백가량. 그 인원이 북성로의 고급 장원들을 철통 경계하고 있었다. 장운이 사는 장원은 딱 그 북성로 중간에 있었다.

"애새끼, 켕기는 게 많으니 아주 사방에 개를 풀어놨구만."

장산의 중얼거림에 모두가 본능적으로 고개를 끄덕였다. 그의 말처럼 원래 지은 죄가 많은 것들이, 지킬 게 많은 것들이 개를 많이 풀어놓는다. 언제고 목숨이나 재물이 위협받을 수 있다 생각한 것이다.

북성로는 그런 놈들로 아주 꽉 들어찬 곳이었다.

"이거 가지고는 안 되겠어. 혹시 이놈, 하루 일정표 같은 건 없나?"

"요청은 했습니다만, 아직 오지는 않았습니다."

"일단 일정표가 오면 다시 생각해 보자고. 되도록 북성로 장원에서 작업 안 해도 되는 방향으로."

"네."

조현승의 대답에 조휘는 자리에서 일어났다. 답이 나오지도 않는 일에 골 싸매고 매달리는 것만큼 멍청한 짓도 없다. 차라리 그럴 동안 다른 일을 하는 게 백배 이득이다. 조장들이 흩어지고, 조휘는 풍신과 쌍악을 챙겼다.

그러자 은여령이 바로 따라 일어났다.

"어디 가게요?"

"바람 좀 쐬러. 좀 답답하군."

"같이 가요."

"그래."

조휘는 굳이 막지 않았다.

오홍련의 안가는 지하에 있었다. 예전에 조현승이 숨어 있던 그곳이다. 지하이다 보니 퀴퀴한 냄새와 끈적끈적한 공기는 어쩔 수 없었다. 이런 곳에 오래 있으면 없던 병도 생길 것이다.

해안가 쪽으로 나온 조휘는 성 안쪽으로 들어가지 않았다. 이번엔 수분을 머금은 해풍이 반겼지만 그래도 안보다는 훨씬 나았다. 적당한 바위 근처에 자리 잡은 조휘. 그 옆에 은여령이 앉았다.

두 사람 사이는 그날 이후 많이 변했을 것 같지만 변하지 않았다. 그냥 좀 더 편히 대하는 정도였다. 현재의 상황은 매우 복잡하고 어지러웠다. 거기에 연정이 끼어들어서는 오히려 방해가 될 거라는 걸 두 사람 다 알았기 때문이다.

그래서 딱 적당한 관계를 유지했다.

동료보다 조금 더 생각하는 정도로.

비겁한 것 같지만 그 정도로 충분했다.

그 이상을 넘는 건 모든 게 정리된 후 해도 상관없었다. 물론 그때가 언제가 될지는 누구도 알 수 없었다.

*   *   *

일주일.

장운의 행동반경과 대략적인 일정표를 얻기까지 걸린 시간이다. 조휘는 말없이 장운의 일정표를 바라봤다.

표정이 좋지 않았다.

"후우……."

다 읽고 탁자 위로 일정표를 툭 내던지는 조휘. 한숨이 나올 만큼 놈은 단조롭고 규칙적인 하루를 보냈다.

아침 일찍 나가 자신의 일을 처리한다. 그때까지 광주 제형안찰사사의 건물을 나가지 않았다. 저녁때 집으로 곧장 간다. 그리고 나오지 않는다. 특별한 일이 일어나지 않는 이상 이놈은 오직 이렇게만 움직였다.

"짜증나는 삶을 사는군."

"이렇게 되면 방법은 역시 아침이나 저녁을 노릴 수밖에 없습니다."

"그렇지. 하지만……."

조휘는 말끝을 흐렸다.

사실 그게 제일 좋긴 한데, 이놈을 지키는 병력이 꽤 된다. 게다가 전부 개량형 총으로 무장한 병력으로 예상된다고 한다. 이미 겪어봤으니 잘 안다. 개량형 총이 얼마나 무서운지. 눈치채기 전에 싹 조지지 않는 이상 피해는 반드시 나올 것이다. 일단 노려지면 답이 없었다.

"그래도 이때밖에 없습니다. 안찰사사나 장원으로 들어가면 더 답이 없습니다."

"조현승, 나는 피해가 전무하길 원해."

"음……."

이건 조휘의 억지다.

하지만 이유가 있는 억지였다. 말했듯이 이건 세 사람의 개인적인 원한으로 인한 작전이다. 그렇기 때문에 여기에 공작대가 투입되는 것도 부담스럽고, 고맙긴 하지만 그렇다고 이들에게 피해가 가는 건 싫었다.

다른 작전이었다면 이런 억지는 안 부렸겠지만, 이번만큼은 이 억지고집을 꺾지 않았다.

"생각해 보겠습니다. 최정에 공작대를 잘 활용하면 분명 피해

없이 놈을 잡을 수 있을 겁니다."

"얼마나 걸릴까?"

"하루, 아니, 반나절만 주십시오."

"좋아."

조휘는 일어났다.

조장들도 다시 뿔뿔이 흩어졌다.

다시 해안가로 나갔다.

공기가 안 좋은 이곳보다 밖이 생각이 더 잘 돌 것 같았기 때문이다. 일정표가 온 이상, 이제는 놈을 잡는 일에 집중해야 할 때였다.

'좋은 방법이 없을까……'

못 잡을까 봐 이렇게 고민하는 게 아니었다.

단 한 명의 피해도 없이 잡고 싶기 때문에 이렇게 고민하는 것이다.

일단 바닥에 손가락으로 장운이라고 쓰고 그 밑에 총병 일백이라고 썼다. 마차로 이동하는데 마차는 철창을 덧대 웬만한 저격은 소용도 없었다. 문제는 총병이다. 이놈들을 뿔뿔이 흩어지게 하거나 단숨에 제압해야 한다.

총격을 가할 틈을 아예 주지 않는 것.

이게 조휘의 가장 큰 고민이었다.

'공작대의 인원은 오십.'

그리고 적은 일백.

순식간에 포위해서 홍뢰로 두당 두 놈씩 잡는다? 세상일이 그렇게 쉽게 되는 게 아니다. 일단 접근도 문제다. 아무리 은밀하게 달라붙어도 실력자 몇만 있어도 분명 눈치챌 거다.

'시전 거리 한복판에서 작전을 실행하면 이놈들은 분명 백성들은 생각도 안 하고 쏠 거다. 그러면 이차 피해… 돌겠군.'

차라리 장응서처럼 술 먹고 계집질이라도 좀 하면, 술이라도 좀 퍼마시고 방탕하게 놀았으면 이렇게 고민하지도 않을 것이다. 그냥 슥 가서 기절시키고 포대에 넣어 메고 오면 되니까. 근데 이놈은 무슨 일상을 톱니바퀴처럼 보냈다.

딱 정해진 시간, 딱 정해진 시기.

이 두 가지를 너무 좋아하는 놈이었다.

자신이 정한 틀에서 절대로 벗어나지 않는 놈.

'그럼 억지로 벗어나게 만들면?'

어떻게 될까?

궁금하지 않나?

조휘는 그게 갑자기 궁금해지기 시작했다. 하나가 정해지자 사고는 쭉쭉 뻗어 나갔다. 조휘의 큰 장점 중 하나이다.

나올 때, 들어갈 때, 조휘는 이 부분에 집중했다. 놈의 일상을 비틀어 버리면 어떻게 나올지 궁금해졌으니 실험해 보면 된다.

다시 안으로 들어간 조휘는 악도건을 불렀다.

"오홍련 지부로 가서 비홍 좀 넉넉하게 챙겨와."

"비홍 말입니까?"

"그래. 어디 어떻게 나오는지 실험 좀 해보게."

비홍(飛紅).

조휘가 당한 무기의 이름이다.

이화매가 들들 볶아서 개발부에서 얼마 전에 나온 놈으로, 이미 큰 지부에는 전부 보급되어 있었다.

"알겠습니다."

악도건이 군말 없이 떠나려고 하는데 조현승이 나타나 막고는 조휘에게 물었다.

"어디에 쓰려 하십니까?"

"놈은 보니까 딱 정해진 일정으로 움직이더군. 이건 거의 강박증 수준이야. 그러니 실험해 보게. 일상이 비틀리면 어떻게 나올지."

"음, 하지만 그건……."

"왜? 안에 꽁꽁 숨을까 봐?"

"그런 것도 있습니다만 경계 수준이 더 올라가면 힘들 것 같아 그렇습니다. 차라리 비홍 말고 다른 방법을 쓰는 게 어떻습니까?"

"다른 방법?"

"포를 쓸 생각입니다."

"포?"

조휘는 고개를 갸웃거렸다.

도성 한복판에서 포를 쏘겠다는 조현승의 대담함에 일단 놀랐고, 전체적인 작전 내용이 궁금해졌다. 그리고 자신의 생각을 굳이 고집하지 않았다. 조현승은 전문가다. 아직 몇 번 작전을 안 뛰어 그렇지, 그의 작전은 여태까지 확실했다. 그런 그가 포를 쓰겠다고 한다.

"홍천을 쏠 생각입니다."

"홍천? 직사포 말인가?"

"네."

개발부에서 육지전에 쓰려고 짧은 거리 직사포로 만든 게 홍천(紅天)이다. 이건 공성전 용도가 아닌 소, 중 규모 집단전에 쓰려고 만든 놈이다. 포탄은 이화매의 함대가 사용하는 화염탄이다. 적선의 선원을 학살하기 위한 탄.

그러다 보니 화력이 무시무시했다.

"홍천 석 대로 뒤에서 노릴 생각입니다. 소란이 일어난 틈을 타 공작대가 홍뢰로 총병을 제거하고 바로 장운을 납치해서 빠치는 것. 그게 목표입니다."

"하지만 민간 피해가 일어날 텐데?"

"오홍련 광주지부의 도움을 받으면 됩니다. 포를 쏘는 순간 광주지부 대원들이 철판으로 만든 방어막을 재빠르게 설치하고 그 뒤에는 몰래 물을 가져다 놓고 진화 작업을 하면 큰 소란은 일어나겠지만 큰 피해로 번지지는 않을 겁니다."

"음……."

일단 평을 하자면 정말 대담한 작전이다. 손발이 안 맞으면 시작도 하기 전에 실패할 그런 작전이기도 했고.

조휘는 오현을 바라봤다.

"대담한 작전이지만 난 찬성이네. 말처럼만 된다면 분명 크게 피해는 안 갈 테니 말이야. 그리고 오홍련 광주지부는 내가 알기로 정예들이네. 공작대만큼은 아니어도 어디 내놔도 꿀리지 않는 이들이지. 굳이 합을 안 맞춰도 작전 개요만 잘 설명해 준다면 분명 알아서 척척 해줄 거네."

"그래, 그럼 그 작전으로 하도록 하지."

"좀 더 세부적인 부분을 보완해서 지부에 알리고 준비시키겠습니다."

"부탁하지."

"맡겨주십시오."

간단하지만 과격한 홍천을 이용한 기습전.

작전은 그렇게 정해졌다.

그리고 이틀 뒤 진시 말경, 광주 도성 한복판에서 홍천이 터졌다.

＊   ＊   ＊

콰과광!

정신을 뒤흔드는 폭발 소리에 북성로 근처는 순식간에 지옥으로 변했다. 새빨간 화염이 혀를 날름거리며 사방으로 몰아쳤고, 아비규환의 지옥이 즉각 소환됐다.

"꺄아아악!"

"으아악!"

사방에서 몰아치는 비명 소리. 아침이라 유동 인구가 많았다. 하지만 이 비명은 단순히 놀라서 나온 비명이었다. 어느새 홍천이 터지는 순간 자리 잡은 광주지부 대원들이 길쭉한 철 방패를 들어 솟구치는 화염과 비산하는 돌, 불붙은 나뭇조각을 모두 막아냈기 때문이다. 옮겨 붙은 불도 준비하고 있던 대원들이 모래와 물을 뿌리며 즉각 진화에 나섰다. 아직 화염이 가라앉지도 않은 상황이다.

단 세 발이지만 화염탄의 위력은 무시무시했다.

제형안찰사사 전각의 정문과 장운이 타고 있는 마차 양쪽의 호위병들을 노린 포격이었다. 말이 놀라 발광하는 바람에 마차는 이미 뒤집혔다. 총병은 얼마나 죽었는지 아직 가늠이 안 되는 상황이다. 하지만 못해도 반은 죽었을 것이다. 먼지가 가라앉는 순간, 조휘가 외쳤다.

"돌입!"

그리고 가장 먼저 불길 속으로 뛰어들었다.

가죽에 특수 염색 처리를 해서 불에 내성이 뛰어난 작전복을 입어 화상은 걱정은 안 해도 되나 코로 흡입되는 연기는 조심해야 한다. 그리고 아직도 치솟는 불길 때문에 주변을 장악한 열기도 마찬가지고.

빠각!

뛰던 그대로 날아 조휘는 일단 가장 앞에 보이는 놈의 면상에 무릎치기를 먹였다. 달려오던 속도, 그리고 날아 떨어지며 생긴 중력의 힘까지 합쳐졌으니 면상이 함몰될 정도였다. 내려서는 순간 풍신의 도병에 손을 대며 그대로 한 발 나아갔다.

그아아앙!

아주 오랜만에 터진 풍신의 격렬한 소음이 타닥타닥 타는 불길 소리를 뚫고 거칠게 울렸다. 서걱! 가슴이 갈리는 소리가 아주 확실하게 뒤이어 들려왔다. 그 순간,

퉁! 투두두두둥!

사방에서 홍뢰가 빗발치는 소리가 들렸다.

동시에 총병들의 비명도 같이 따라왔다. 공작대에게 두 방은 없었다. 총을 들기도 전에 겨누고 그대로 연사다. 오십 인의 공작대가 총병을 정리하는 데 걸린 시간은 정말로 촌각에 가까웠다.

애초에 총병들은 고막이 찢겨 나가고 이명이 들리면서 단체로 혼란에 빠져 버렸으니 상대가 될 리도 없었다. 조휘는 세 놈째 가슴을 가격하고 마차로 다가가 문을 열었다. 그러자 기절한 장운이 보였다.

인상착의를 떠올려 보니 장운이 확실했다. 멱살을 쥐어 끌고 나오자 바로 장산이 포대를 들이밀었다. 조휘는 바로 놈을 안에 집어넣고 장산에게 넘겼다.

"배로 바로 가!"

"네!"

큰 목소리로 우렁차게 대답한 장산이 바로 왔던 길을 되짚어 돌아갔다. 조휘는 품에서 호각을 꺼내 길게 두 번 불었다.

퇴각을 알리는 신호다.

공작대가 그 신호에 반응해 썰물처럼 빠지기 시작했다. 공작대가 빠지자 광주 오홍련 대원들이 전장을 빠르게 정리하고 살살이 흩어졌다. 도성 중간에서의 기습전은 포가 터지고 반각도 지나지 않아 끝났다.

고민한 게 허무할 정도로 쉬운 일이라 생각하겠지만 그건 아니었다. 조현승의 작전이 워낙에 잘 먹힌 거였다.

이후 약 반 시진 후, 광주성 근처 절벽 아래에서 쾌속선 한 척이 유유히 돛을 펴고 대해로 올라갔다.

*   *   *

광주에서 벗어난 조휘는 놈을 갑판으로 끌어낸 뒤 바로 물을 뿌렸다.

좌아악!

"흐억!"

짭짤한 바닷물 한 바가지에 장운이 바로 눈을 떴다. 눈을 뜨고는 몇 번 끔뻑이더니 사방을 둘러봤다.

"정신이 좀 드나?"

"누구냐?"

장운의 나이는 대략 오십 전후로 보였다. 인상은 진짜 강직해 보였다. 부리부리함에 사나운 기상이 섞여 있다. 군복을 입혀도 될 정도로 장군의 기상이 흘렀다.

"나? 말하면 알려나?"

"놈, 정체를 밝혀라!"

놀랄 만도 한데 장운은 오히려 조휘를 노려보고 있었다. 말투도 그렇게 겁을 먹은 건 아니어 보였다. 조휘는 단 두 번 나온 말투에서 바로 느꼈다. 이놈, 진짜라고. 제대로 된 놈이라고.

"뇌주 군영 타격대에 있었지. 지금은 오홍련에 있고. 이걸 보면 알겠나?"

"그 도… 마도. 연백호 수하에 있던 자구나."

"바로 알아봐 주니 감사하네?"

조휘는 씩 웃었다.

예전이었다면 살벌한 미소를 지으며 정신을 극한으로 몰아붙였을 텐데 지금은 그러지 않았다. 그냥 의자 하나를 끌어다 놓고 앉아 천천히 대화를 시작했다. 말투에 날은 조금 섰지만, 처음 보는 사람 대하듯 말하는 조휘다. 그리고 물론 이자는 밀어붙여 봐야 소용없을 거라는 걸 깨달은 것도 조휘가 이러는 이유 중 하나였다.

"날 잡아온 연유가 무엇이냐?"

차분한 어조로 나온 장운의 질문에 조휘는 혀로 입술을 축였다.

"왜 잡아온 것 같은데? 그걸 정말 몰라서 묻는 건 아니지?"

"내가 연백호의 죽음에 관여했다고 생각하느냐? 그래서 도성한복판에서 포를 사용했고?"

"아니라고 하게? 그러기엔 당신이 한 짓이 너무 떳떳치 못하잖아. 장응서를 시켜서 타격대도 왜구새끼들에게 갖다 바쳤잖아?"

"누가 그러던가? 그 모자란 놈이 그러던가?"

"이야……."

안색 하나 안 바뀌고 저렇게 말을 하니 조휘의 입에서 감탄사가 흘러나오는 건 당연했다. 지켜보는 이들도 마찬가지였다. 일단 겉으로 보이는 외모, 그 외모를 받쳐주는 기상은 저 말이 상당히 신빙성이 있어 보이게 만드는 효과를 아주 제대로 줬다.

"연백호의 죽음에는 관여하지 않았네."

"개소리 좀 적당히 지껄여. 내가 그렇게 병신으로 보이나 봐? 오홍련의 정보력이 개똥으로 보여?"

"조작된 거네."

"푸핫!"

결국 조휘는 웃음을 터뜨렸다.

"아하하! 하하하하하!"

웃음은 대소로 이어졌다. 한참 대소를 터뜨리던 조휘는 찔끔 흘러나온 눈물을 닦고 겨우 말을 이었다.

"와, 미치겠다. 정말… 대단하다, 장운. 넌 내가 잠깐 대화해 봤지만 쉽지 않을 것 같아."

"나랑 연백호는 나이를 떠나 친우 사이였어! 그런 내가 그의 죽음에 왜 관여했겠나?"

"그만, 그만 좀 닥치시고, 한숨 처자."

빠각!

가볍게 툭 휘두른 주먹이 턱을 흔들었고, 장운은 그 한 방에 다시 정신을 놓고 쓰러졌다.

"이 새끼, 다시 가둬 놔."

"네."

"아, 음식은 잘 챙겨주고. 길게 가야 할 것 같으니까."

"알겠습니다. 아주 최고급으로 챙겨 넣겠습니다."

장산이 놈을 질질 끌고 갔다.

조휘는 선수로 갔다.

놈을 잡아오는 건 과격했지만 공작대에는 아무런 피해도 없이 수월하게 끝냈다. 근데 문제는 잡고 나서도 생겼다. 그렇게 틀에 짜 맞춘 일과를 매일 수행하는 놈답게 놈은 제법 강단이 있었다.

'아니, 저건 강단 정도가 아니야.'

놈이 보여주는 건 연기가 아니다.

저건 말 그대로 장군의 기상이다.

비교하기 딱 좋은 사람이 있다.

"양 부관처럼 보여요."

답은 은여령에게서 나왔다.

조휘도 느꼈듯이 그녀도 잠깐의 대화에서 양희은을 본 것이다. 사람을 파악하는 데 특별한 감각이 있는 은여령이 그렇게 느꼈다면 절대 연기는 아니었다.

"어때? 거짓말 같아, 그놈이 한 말 전부?"

"그게……."

"망설이지 말고 말해 봐."

"아니요. 제가 겪어본 바로는 저런 느낌을 주는 사람들은 보통 강직한 성품 탓에 악을 누구보다 싫어해요."

"음……."

조휘는 처음 은여령과 만났을 때를 생각했다. 그때 그녀는 조휘를 잠시 보다가 이렇게 평했다.

"죄를 지을 분은 아니시네요."

그런 그녀의 말에 사형제들을 이끌던 곽원일이 이렇게 말했다. '사제가 그렇다면 그냥 그런 거요' 하고. 그만큼 은여령의 사람을 느끼는 감각은 전폭적인 신뢰를 받고 있었다. 그런 그녀가 지금 장운은 죄를 지을 인간이 아니라고 한다.

"화운겸을 생각하자고."

"그래서 저도 말을 못한 거예요."

그런 은여령의 감각도 속인 놈이 있었다. 그러니 은여령도 조심스러웠다. 조휘는 그래도 장운이 연백호의 죽음에 연관이 있다는 의심을 거두지 않았다. 아니, 아직까진 확신이다. 화운겸의 일이 있었으니 조휘는 결코 눈에 보이는 것만 믿을 생각이다. 자신의 감각도 속인 놈이 이미 존재한다.

그러니 이번엔 신중할 생각이다.

어떤 감언이설에도 흔들리지 않고 철저하게 파헤쳐서 모조리 불게 할 것이다. 만약 주산군도에 도착할 때까지 알아내지 못한다면 그대로 오홍련의 본거지로 인계하고 작전을 나갈 생각이다. 이화매라면 아주 철저하게 알아내 줄 테니까.

"대주."

"음?"

"선미로 좀 가보셔야겠습니다."

악도건의 말에 조휘는 바로 선미로 향했다. 가자마자 악도건이 선미로 가봐야겠다고 한 이유를 알 수 있었다.

추격대가 따라붙었다.

날렵하게 생긴 호선 세 척이 세 방향으로 퍼지면 포위망을 조성하고 있었다. 조휘는 대번에 인상을 찌푸렸다. 지금 조휘가 타고 있는 쾌속선은 개발부가 오직 속도에 중점을 맞춰 자체개발한 범선의 한 종류였다. 그런데 저 명나라 수군의 범선이 지금 쾌속선을 따라붙고 있었다. 어느새 다가온 오현과 조현승. 그중 조현승이 먼저 침중한 얼굴로 입을 열었다.

"지금 저희 함선도 최고 속도인데 따라붙는다는 건 속도 면에서 저희 함선을 이미 앞서고 있다고 봐야 합니다. 이대로는 못 따돌릴 겁니다."

"포가 장착되어 있을까?"

"음, 그건 아닐 겁니다. 포를 장착한 배가 이 배를 따라오는 건 현실적으로 불가능합니다."

"그래? 근데 내 눈엔 어째 보이는 것 같은데?"

"그럴 리가……."

조현승은 부정했다.

하지만 그건 지금 어떻게 풀어줄 수 있는 상황이 아니었다. 조휘는 은여령을 바라봤다. 시력은 자신도 좋지만 내력을 돌리는 은여령을 따라갈 수는 없기 때문이다. 은여령은 벌써 눈매를 가늘게 좁히고 쫓아오는 명나라 수군의 함선에 집중하고 있었다. 대답은 숨 몇 번 쉬자 바로 나왔다.

"있어요. 선수포의 일종 같아요."

"선수포라고?"

"네, 선수포예요."

조휘는 고개를 갸웃거렸다.

보통 중심 때문에 포는 선측에 다는 게 정석이다. 그래야 중심을 맞추기 쉽기 때문이다. 하지만 솔직히 선수, 선측에 포를 달고도 이 배를 쫓아오는 건 절대 무리였다. 그렇다면 선측은 포기했을 확률이 매우 높다. 그런데도 중심이 맞는 건 당연히 선미를 무겁게 해놓음으로 맞췄겠지만, 그럼 선미와 선수에 둘 다 포가 있다는 가정을 해야 된다.

"그런데도 따라오는 걸 보니… 또 이상한 놈을 만들어냈군."

"상황이 좋지 않습니다. 저대로 따라붙어 만약 포격전으로 들어가면 답이 없습니다."

"홍천 같은 놈이면 더 최악이겠지."

"네."

조현승의 표정은 많이 어두웠다. 아마 머릿속으로 그려보고 있을 것이다. 근거리 포격전을. 조휘도 이미 그리고 있었다. 이길 방법은 없었다. 거리를 주지 않고 포로 쾅쾅 쏴대면 원거리 무기라곤 홍뢰밖에 없는 공작대가 저항할 수 있는 방법은 하나도 존재하지 않았다. 수기가 올라왔다.

명 수군의 정지 신호 수기다.

하지만 그런다고 멈출까?

조휘는 그렇게 말 잘 듣는 친구가 아니었다.

이번에도 위기다. 하지만 어디 조휘의 인생에 위기 아닌 적이 있던가?

제73장
끈질긴 악연

아니, 없었다.

스물 이후, 매해 위기를 달고 살았다. 살고 싶어 발악하며 살아온 인생이고, 아득바득 이를 갈아 여기까지 온 게 바로 마도진조휘가 아닌가. 게다가 조휘의 인생에 위기는 언제나 예고 없이 찾아왔다. 지금도 마찬가지다. 또 예고 없이 이렇게 덜컥 찾아왔다. 하지만 조휘는 언제나 이겨냈고, 넘어섰다. 그런 조휘를 이화매가 욕심을 낸 건 이런 상황에서의 임기응변 때문이었다.

순간 상황 파악, 대처 능력.

이화매가 가장 크게 쳐준 부분이다.

"배를 연안으로 붙여!"

"네!"

바로 우렁찬 대답이 들려왔다.

바다에서 도망칠 수 없다면 육지로 튄다. 임기응변이고 자시고 누구나 할 수 있는 생각이다. 하지만 당장 빠르게 생각할 수 있는 책임자가 있다는 건 생존 확률이 훨씬 올라간다는 걸 뜻한다.

이화매가 조휘에게 바라던 것이 고스란히 나왔다.

쾌속선이 선수 방향을 선회했다. 속도를 최대한 살리면서 배를 연안에 접안시키기 위한 조작이다. 배에 탄 이십의 오홍련 대원들은 이 세상 그 누구보다 이 배를 잘 알고 몬다. 유려한 선을 그리며 쾌속선이 쏜살같이 육지로 향했다. 하지만 뒤에 달라붙은 명 수군의 개량 함선은 더욱 빨랐다.

조휘는 그 모습을 선미에서 전부 파악하고 있었다.

"거리는? 포는 최대한 가벼운 놈을 테니 아직 거리는 있겠지?"

"아마 그럴 겁니다. 무거운 놈을 실고 저런 움직임을 보이는 건 절대로 불가능합니다."

"제발 그러길 빌어야겠군."

딱딱하게 굳은 표정으로 따라붙는 명 수군의 함선을 바라보면서 조휘는 가슴속에 스멀스멀 차오르는 불안감에 소름이 돋는 걸 느꼈다.

'언제고 바라면 그 반대로 이루어졌지.'

그러한 삶을 살아온 조휘이다.

그러니 이번에도 그 틀에서 벗어나지 않을 것 같았다. 분명 뭔가 또 일이 벌어질 것 같았다. 끈적끈적하고 심장이 쫄깃해지는 이 느낌. 전에 모리휘원에게 기습을 받기 직전에 느낀 그 더러운 감각이 다시 찾아왔다.

조휘는 그 감각을 무시하지 않았다.

여태 자신을 살려준 아주 고마운 놈이니까.

"전원 포격 대비해!"

조휘가 외치는 순간, 공작대가 일사불란하게 움직였다. 각자 몸을 지탱할 것들을 잡고 중심을 꽉 붙드는 순간, 중앙의 함선을 뺀 좌우의 함선에서 동시에 포를 터뜨렸다.

쾅앙!

퍼벙! 촤아아악!

다행히 쾌속선의 바로 지척에 떨어져 물보라를 비산시켰다. 하지만 그 충격에 해수면이 출렁이며 쾌속선이 좌우로 요동쳤다. 긴장 안 하고 있었다면 이번 공격에 목이 확 꺾여 버렸을 정도로 격렬하게 요동쳤다.

비처럼 쏟아지는 물보라를 맞으며 조휘는 이를 으득 깨물었다. 어떻게 된 게 진짜 더러운 예감은 빗나가지를 않는다.

'원하는 건 그렇게 안 들어주면서……'

으득!

짜증 때문에 이를 간 조휘는 다시 고개를 들어 뒤를 확인했다. 함포의 반동에 조금이라도 속도가 늦춰졌으면 좋겠다는 생각을 하면서. 하지만 크게 떨어진 것 같진 않았다. 다시 장전하는 데 좀 시간이 걸리니까.

"아직 한 발 남았다! 긴장 풀지 마!"

대답은 없었다.

하지만 모두 알아들었을 것이다. 이 정도로 정신 못 차리는 나약한 놈들은 아니니까. 조휘는 집중했다. 적선에서 예고는 안 해주니 자신의 감각을 믿어야 했다. 예의 그 더러운, 뒷목에 예리한 바늘을 천천히, 아주 천천히 쑤셔 넣는 그런 느낌이 들었다.

"온다!"

콰앙!

조휘의 외침이 끝나기가 무섭게 중앙에 있던 적선의 선수포가 불을 품었다. 그 순간 조휘는 전신에 솜털이 곤두서는 걸 느꼈다. 이건 제대로다. 진짜 제대로 각을 잡고 날아온다. 그런 느낌이 바로 들었고.

"조심!"

쫘직!

퍼버버벅!

갑판 중앙에 그대로 처박히며 뚫고 들어갔다. 나뭇조각이 비산했다. 조휘는 이를 악물고 버텼다. 쾌속선은 오직 속도를 중시했기 때문에 배 자체의 내구력은 굉장히 낮은 편이다. 두껍고 무거운 자제를 안 쓰기 때문이다. 그래서 단방에 배에 구멍이 뚫려 버렸다.

조휘는 선체의 요동이 가라앉자 바로 사방을 살폈다. 다행히 돛은 무사했다. 돛이 박살 났으면? 오홍련의 함대처럼 사슬탄이라도 쐈다면 분명 엿 같은 상황이 벌어졌을 것이다. 이 상태로 기동성까지 잃으면 차라리 물에 뛰어들어야 한다.

"육지까지 거리는!"

"일각이면 갑니다!"

"더! 더 빨리! 그 안에 이차 포격 날아온다!"

"최대한 빨리 가보겠습니다!"

악도건의 대답에 조휘는 다시 후방을 바라봤다. 적선은 여전히 거리를 좁혀오고 있었다. 거리가 가까워지면 명중률은 당연히 올라간다. 이차 포격까지 걸릴 시간은 대충 예상해도 반각 정도.

적선의 포병들이 숙련병이라면 더 단축될 수도 있었다.

'어떻게 됐던 이차 포격은 온다. 방법, 방법을 찾아야 돼.'

한 발이라도 더 포격에 적중당한다면 그 뒤는 끔찍하기만 하다. 안 그래도 지금 뚫린 구멍에서 물이 차오르며 속도가 조금씩 내려가고 있는 마당이다. 그러니 이차 포격을 저지할 만한 방법이 필요했다. 하지만 좁혀지고 있어도 여전히 거리는 상당했다. 이쪽에서 뭘 어떻게 할 수 있는 상황이 아니었다. 하지만 그렇다고 이차 포격을 안 가하기만을 기다리고 있을 수는 없는 상황이기도 했다.

뭐든 해야 된다는 생각에 조휘는 뒤도 돌아보지 않고 외쳤다.

"위지룡! 이화!"

"네!"

"가요!"

조휘의 부름에 위지룡과 이화가 득달같이 달려왔다. 일단은 둘 다 활을 기가 막히게 잘 쏘는 사람들이다. 조휘도 나름 쏘지만 이 둘에 비하면 새 발의 피다.

"이 거리에서 화시 가능하겠어?"

"화시요?"

"그래! 돛에 불이라도 질러야겠어!"

"흐음……."

이화가 인상을 잔뜩 찌푸린 채 곰곰이 생각에 잠겼다. 기름에 적셔놓은 게 아니라면 화시 한 발 날린다고 뭔 일이 벌어지지는 않는다.

"차라리 포를 노리겠어요! 안에 잔약이 남아 있다면 뭐든 노릴 수 있잖아요!"

"가능하겠어?"

"어허! 저를 뭐로 보시고!"

이화는 다시 익살스럽게 변한 표정으로 자신만만하게 외치더니 바로 화시 한 발을 뚝딱 만들더니 바로 각궁에 재고 겨눴다.

두드드드득!

조선 각궁 특유의 시위 당기는 소리와 함께 거침없이 쏴버리는 이화.

퉁! 슈우우우욱!

공간을 격하고 건너간 화시 한 발은 퍽 소리를 내고 선수포 옆에 박혔다. 그러자 '칫!' 하고 짧게 혀를 찬 이화가 다시 재빨리 화시를 만들었다.

그 순간 위지룡이 시위를 놓았다.

투웅!

하늘 높이 날아간 화살은 중앙의 적선 돛에 정확히 꽂혔다.

불길이 화르르 가차 없이 오르길 바랐지만 역시 그건 무리였다. 오히려 기름을 먹여 바람에 꺼지지 않은 게 다행이었다. 두 사람은 계속해서 쏴댔다.

이화는 세 번 만에 화시를 선수포에 정확히 넣는 데 성공했다. 근데 웃기게도 콰앙 하고 선수포가 터지더니 덜컥 흔들리는 게 보였다. 그 모습에 조휘의 입이 쩍 벌어졌다.

"어머나! 진짜 터지네? 왜 터졌지?"

그 연유를 알고 싶지만 알 수 없었다. 그리고 지금 당장은 운이 좋아 터졌다고 해도 그냥 손뼉 치고 좋아하는 게 낫다. 그게 딱 현재 조휘의 심정이었다.

"다른 배! 중앙 적선은 버려!"

"네!"

"접수요!"

두 사람은 연거푸 활을 쏴댔다. 하지만 두 척의 선수포에 화살을 넣는 데 성공은 했지만 좀 전처럼 운으로 포가 터져주는 행운이 찾아오지는 않았다. 그러는 동안 시간은 흐르고 흘러 조휘가 예상한 시간이 됐다. 솜털이 쭈뼛 서는 걸 보니 말이다.

"전원 포격 대비!"

진짜 딱 맞췄다.

콰웅! 콰아앙!

아까보다 훨씬 거친 포격 소리가 들렸다. 이를 악물고 버티는 조휘. 운이 없으면? 그대로 조휘가 있는 선미에 떨어지면서 몸뚱이를 산산조각 낼 것이다. 인간의 육신으로 포격을 막을 수 있는 법은 이 세상에 존재치 않으니 말이다.

퍼엉!

다행이다.

하나는 이번에도 바로 옆에 떨어지면서 거친 물보라를 만들어 냈다. 이는 배를 모는 대원이 급하게 배를 틀어 겨우 피한 포격이다.

쫘직!

하지만 두 발째는 배의 측면 아래에 제대로 때려 박혔다.

쿠웅!

배가 바로 기우뚱거렸다. 하지만 조휘는 이 정도로 끝난 게 다행이라 생각했다.

"거리는?!"

"다 와갑니다! 호흡 삼백!"

호흡 삼백이란 오홍련식 시간 전달 방법이다.

"장산!"

"네!"

"그 새끼 끌고 와서 챙겨! 꽉 묶어서 지랄 못 떨게 하고!"

"알겠습니다!"

장산이 배 아래로 내려갔고, 그걸 보며 조휘는 다시 소리쳤다.

"다 모여!"

우르르!

그 말 한마디에 공작대 전원이 달려왔다. 시간이 없으니 바로 말을 이어나가는 조휘.

"육지로 가도 분명 추적대가 있을 거다! 그러니 전체가 움직이는 건 위험해! 각 오 인 일 조로 움직이고! 목적지는 두 곳! 뢰주와 산두다! 거기서 알아서 본거지로 복귀해!"

"네!"

"중걸! 악도건!"

"네!"

"네!"

"너희 둘은 조현승을 챙긴다! 무슨 수를 쓰던 본거지로 보내! 알았어?"

"네!"

"맡겨두십시오!"

"오현!"

"……"

조휘의 부름에 오현이 다부진 얼굴로 마주 시선을 보내왔다.

"신병들… 부탁한다."

"알겠네."

"그대만 믿겠어. 꼭 다 살려서 돌아가."

"걱정 말게. 내 나이 이제 오십을 바라보긴 해도 철권은 아직
죽지 않았어."

"그래, 믿는다. 장산! 위지룡!"

"네!"

"네!"

"둘은 날 따라온다. 이화! 은여령도 같이 움직일 거야!"

모두의 대답이 한목소리로 건너왔다.

그 순간 배가 육지에 가까워졌다.

드륵! 드르륵!

배 밑창이 바닥에 긁히는 소리가 나자 조휘는 망설임 없이 바
로 물로 뛰어들었다. 이어서 공작대 전체가 좌우로 나누어 전부
바다로 뛰어들었다.

자맥질?

못하는 놈은 아무도 없었다. 거친 바다 태생들이 대부분이니
까 말이다. 입수 후 잠영, 이후 빠르게 해안가로 올라간 뒤 각자
미리 정해져 있는 조로 뭉쳐 사방으로 흩어졌다. 조휘도 움직이
고 있었다. 가장 앞서서 길을 열고 그 뒤를 은여령과 이화, 장산
과 위지룡이 따라붙었다. 그런데 조휘가 움직이는 방향이 좀 이

상했다. 추적대는 분명 광주에서 출발했을 건데 오히려 광주 방향으로 달리고 있었다.

조휘의 의도를 뒤따라 달리던 네 사람은 바로 알아차릴 수 있었다. 조금이라도 더 멀어질 수 있게, 시간을 벌려는 목적. 스스로 사지로 달려들어 가고 있는 것이다. 하지만 왜? 솔직히 조휘의 성향과는 좀 동떨어진 행동이었다. 그래서 좀 의아한 심정이지만 그래도 조휘를 믿고 네 사람은 달렸다.

조휘는 바로 숲으로 들어왔다.

그리고 반각 만에 멈춰 섰다.

한숨을 내쉬고 아주 작게 소곤거리는 조휘.

"분명 기병대다. 놈들은 관도로 달렸을 게 분명해. 하지만 그렇다고 이런 숲을 그냥 넘어갈 리는 없지. 척후병은 이쪽으로 들어올 거야. 우린 여기서 역으로 광주로 돌아가며 이목을 끈다."

"……."

"예전 조현승이 한 방법 그대로 가자고. 왜, 나무는 숲에 숨기라는 말도 있잖아?"

"알겠어요."

"네."

조휘의 말에 은여령과 위지룡이 조용히 대답했다. 이제야 조휘의 의중을 알고 한결 마음이 편해진 얼굴이다.

정말 쉽지 않은 일이다, 스스로 미끼가 된다는 결정을 내리는
건. 이건 동료애 이전에 거의 본능적으로 내려지는 결정이기 때
문이다. 생각하고 나서가 아닌, 이렇게 해야 된다고 바로 마음먹
고 결정해 버린다.

조휘는 쫓아오던 세 척의 배에서 명군이 내리지 않은 걸 보고
일단 좀 쉬기로 했다. 어쩌면 긴 하루가 될지도 모르니 쉴 수 있
을 때 최대한 쉬어둬야 했다.

"일각 휴식 후 움직인다. 최대한 체력을 비축해 둬."

그 말에 각자 편하게 자세를 잡고 먼저 물에 젖은 옷을 벗어
던지고 새 옷으로 갈아입었다. 축축해진 옷은 몸을 무겁게 만들
고, 그 무거움은 언제고 사고를 부를 수도 있기 때문이다. 이어
바닷물에 젖어 짭조름해진 육포를 꺼내 질겅질겅 씹었다. 부스
럭거리는 소리만 들릴 뿐인 일각은 길 것 같지만 절대로 긴 시간
이 아니었다. 게다가 말이 휴식이지 수색을 하고 있을 명군을 생
각하면 사실 제대로 된 휴식도 아니었다. 그래도 잠시간 머리를
정리할 시간은 충분히 됐다.

휴식 끝.

조휘가 슥 손을 올리고는 먼저 움직였다.

수풀을 헤치며 움직이는 조휘의 움직임은 빨랐다. 느리게 움
직이는 것 같지만 충분히 사방을 확인하고 움직이는 데도 쭉쭉

앞으로 나아갔다. 하지만 소음을 완전히 죽이지는 못했다.

사삭, 사사삭, 파스스!

동물들이 움직일 때 날 법한 소리가 숲 속을 울렸다.

쾌속선에 탄 지 얼마 안 됐다. 솔직히 말해 대해로는 나가지도 못했다. 광주는 해안가에서 안쪽으로 움푹 파인 끝 쪽에 위치했기 때문이다. 어쨌든 광주까지는 길어야 한 시진이면 간다. 문제는 그 안에 안 걸리는 게 중요했다. 게다가 지금은 장운 이놈까지 끌고 가야 하는 입장이다.

솔직히 말하자면 지금 상황은 결코 좋은 상황이 아니었다. 일단 사방은 분명 적일 거고, 공작대는 추적에 시달릴 게 뻔했다. 그러니 어찌 좋은 상황이라 할 수 있겠는가.

슥.

조휘가 움직임을 멈췄다.

그리고 손을 천천히 들어 올렸다.

스르, 르르릉.

은여령의 검과 조휘의 쌍악이 조용히 뽑혀 나왔다. 풍신은 장산에게 내밀어 맡겼다. 그도 손도끼를 두 개나 가지고 있지만 어차피 장운 때문에 전투에는 참여할 수 없기 때문이다.

전투는 근접전은 조휘와 은여령, 원거리 지원은 이화와 위지룡이 맡게 될 것이다.

빠득, 빠드득.

뚜둑!

나뭇잎이 밟혀 부스럭거리는 소리, 나뭇가지가 밟혀 부러지는 소리가 동시에 울렸다. 그에 살짝 눈매를 꿈틀거리는 조휘다. 기본에 기본도 모르는 자다. 아니, 아예 모르는 자일 수도 있었다. 거리는 점차 가까워졌다.

은여령에게 신호를 준 조휘가 단숨에 뛰쳐나갔다. 은여령은 약간 사선으로 돌았다.

퍽!

단숨에 다가오던 자의 품으로 들어간 조휘는 명치에 그대로 주먹을 꽂아 넣었다. 비명도 지르지 못하고 쓰러진 자를 잠깐 본 조휘는 짧은 한숨을 내쉬었다. 복장을 보니 인근에 사는 백성 같았다. 하지만 조휘는 쓰러진 자의 상체를 벗겼다. 그리고 뒤집었다. 목 부분에 작은 점이 있다.

그런데 이 점, 분명히 본 점이다.

푹!

그대로 목을 뚫고 들어가는 흑악.

민간 백성으로 위장했지만 이놈은 동창이었다. 만약 조휘가 그냥 갔다면 깨어나자마자 호각을 불어 신호를 보냈을 것이다.

슥, 슥슥.

조휘는 급히 바닥에 적어 넣었다.

동창.

딱 한 단어지만 상황을 금방 파악할 수 있는 단어였다. 이번 엔 은여령이 먼저 나섰다. 감각은 그녀가 단연 최고이다. 그다음이 이화와 조휘 순이니 은여령이 나서는 게 맞았다. 은여령이 앞서 나가자 속도가 더 빨라졌다.

그런데 쭉쭉 나가다 말고 멈추는 은여령. 뒤로 손을 뻗어 수신호를 보내왔다. 그 신호에 조휘의 인상이 굳어졌다. 포위를 알리는 신호. 하지만 그나마 다행인 건 전방만 포위됐다. 뒤는 없고 앞만 있다는 신호였으니까.

조휘는 여기서 다시 선택해야 했다.

'뒤로 빠질까? 아냐. 이미 뒤에서도 오고 있을 거야.'

세 척의 적선은 육지로 접안하지 않았다. 그대로 돌아 다시 갔다. 하지만 그놈들 말고 먼저 움직였을 기병대나 근처에 주둔 중이던 중보병들을 투입했을 거다. 그렇다면 결국 남은 건 뚫고 나가는 길뿐이다.

툭툭 쳐서 은여령을 돌아보게 만들고 신호를 보냈다. 그러자 망설임 없이 고개를 끄덕이는 그녀. 눈빛은 올곧고 단단하기만 하다. 이제는 가장 믿을 수 있는 동료 중 한 사람. 신호를 다시 주고받고 동시에 뛰어나갔다.

파바박!

둘이 뛰자마자 총성이 울렸다.

탕! 타다당!

하지만 조휘는 이미 직감적으로 눈치채고 있었다. 구르고 또 구르며 나무를 방패 삼아 거침없이 쇄도했다. 적들의 위치는 벌써 잡고 있었다. 총구를 들이미는 순간부터 말이다.

쉬이익!

수풀에서 삐쭉 나온 총구를 보고 그대로 백악을 던지는 조휘. 순식간에 거리를 격하고 날아간 백악이 바라던 소음을 이끌어냈다.

타앙!

다시 터지는 총성. 하지만 이미 조휘는 그 자리를 이탈하고 난 뒤였다. 총이 무서운 점은 그물에 비교해도 될 법한 촘촘한 화망을 형성했을 때다. 저렇게 듬성듬성하면 총구의 방향으로 충분히 피할 수 있었다. 물론 아무나 되는 건 절대로 아니다.

조휘 정도의 감각, 총병을 상대할 때를 대비한 혹독한 실제 심상 훈련을 거치지 않고서는 절대로 불가능하다.

푸욱!

던진 백악을 다시 뽑은 조휘가 고개를 휙 숙였다.

탕! 타앙!

두 발의 총성이 거의 동시에 울렸는데 또다시 거의 동시에 퍼벅 하는 소리가 흘러나왔다. 조휘의 몸에서? 아니었다. 조휘는 이미 총구의 방향을 보며 피했고, 조휘의 양쪽에 있던 놈들이 쐈기 때문에 조휘가 피하면서 서로의 몸에 총알을 박아 넣은 거다. 조휘의 입가에 서늘한 미소가 걸린 것도 이때쯤이다.

'익숙하지 않구나?'

총이 아직 익숙하지 않으면 이런 사고가 반드시 난다. 공작대에서 홍뢰를 처음 지급할 때 가장 신신당부하는 건 자신과 동료

사이가 직선을 만들고 그 안에 적이 있다면 절대로 사격해서는 안 된다고 가르친다.

잡으면 좋지만 적이 피하면 홍뢰의 화살이 아군의 육신을 꿰뚫을 게 분명하기 때문이다.

서걱!

좀 떨어진 거리에서 산뜻하게 잘려 나가는 소리가 들렸다. 볼 것도 없었다. 은여령의 검격이 적의 목을 날렸거나 가슴을 갈라 버린 소리일 거다.

퉁! 퉁!

다시 이어지는 두 발의 둔중한 시위 소리. 아주 익숙한 소리였다. 개량형 조선 각의 시위만이 낼 수 있는 소리니까. 위지룡과 이화의 저격이다.

푸북!

시위 소리가 들려온 지 얼마 되지도 않았는데 화살이 육신에 박히는 소리가 들렸다. 이번에도 잠시의 시간차를 두면서 울렸으니 두 발 다 명중이다.

저 둘은 숙련자 정도를 넘어선, 활 하나만큼은 명 제일을 다툴 수 있는 이들이다. 등이 너무 든든해졌다.

파바박!

그렇다고 조휘도 놀고 있진 않았다. 종아리, 허벅지 근육을 폭발시켜 원을 그리며 역으로 왔던 길을 되짚어갔다. 적이 있어서였다. 수풀에서 총구가 위지룡을 노리고 있다. 조휘는 그대로 흑악을 아래에서 위로 휘둘러 총구를 튕겨 올렸다.

깡!

타앙!

픽!

흑악이 총구를 후려치는 소리, 그 순간 격발되어 터지는 총성, 그리고 빗나간 탄이 나무에 박히는 소리가 순차적으로 흘러나왔고, 원래는 수비용인 백악이 적의 목덜미를 물어뜯는 소리가 가장 마지막으로 울렸다.

투웅!

다시금 저격.

한 번이라 위지룡의 저격인지 이화의 저격인지는 확실치 않았다. 하지만 픽 하고 들려오는 소리만큼은 확실했다.

저릿!

등골 전체를 타고 흐르는 미약한 전류 같은 느낌이 찾아왔다. 이제는 잘 아는, 아주 익숙한 위기 신호다. 바로 몸을 튕겨 옆으로 구르자 탕! 퍼걱! 소리가 동시에 울렸다. 정말 간발의 차로 피했다.

위기 신호가 스치고 간 등골에 이번에는 소름이 쭉 돋았다. 전신의 솜털도 일시에 일어났다.

'집중……'

이건 자신의 실수였다. 시위 소리에 살짝 정신을 놓아서 일어난 실수. 근데 이런 실수 한 번에 대가리가 날려가고 심장에 구멍이 뻥 뚫린다. 그것 말고도 팔이나 다리가 뚫려도 정말 상황이 더럽게 된다.

투웅! 퍽!

조휘에게 총을 쏜 놈이 있던 곳으로 빛살처럼 새까만 화살 한 발이 날아가 박혔다. 제대로 둔중한 소리가 나는 걸 보니 화살은 육신에 확실히 박혔다. 그러나 조휘는 이미 움직이고 있었다.

스릉! 흑악으로 백악의 날을 긁었다.

일부러 자신의 장소를 노출했는데, 이는 의도적인 행동이었다. 부스럭거리는 소리가 들리자 조휘는 곧바로 달리던 궤도를 변경했다. 총의 가장 큰 약점이 조준을 해야 한다는 것이다. 거기에 혼란만 주면 총은 그렇게 무서운 무기가 아니다. 게다가 소수에 화망도 제대로 조성 못한 상태이고.

타앙!

총소리가 나지만 이번에는 그 어떤 소리도 뒤따르지 않았다. 그냥 헛발인 거다.

쉬이익!

거칠게 달려든 조휘가 수풀을 뚫고 들어갔다. 안에 있던 놈이 총구를 조휘에게 들이밀었다.

까강!

그러나 그걸 바로 흑악으로 올려치는 조휘. 총구를 틀어버린 뒤 조휘의 입가에는 서서히 숨겨두었던 마(魔)가 깃든 미소가 머물기 시작했다.

'늦었어! 총을 버렸어야지!'

이 정도로 거리가 좁혀졌으면 차라리 버리는 게 낫다. 하지만 그러지 않았고, 그 대가는 크게 받을 것이다.

깡!

내려오던 총구를 다시 백악으로 쳐내고, 흑악을 쥔 왼 손목을 비틀어 쭉 내리그었다. 스각! 귀밑부터 쭉 가르고 들어간 흑악의 날이 가슴 아래로 빠져나왔다. 그냥 그었으면 턱에서 빠졌겠지만, 그 와중에도 조휘는 손목을 조절해 치명상을 입혀 버렸다. 아마 절대로 못 살아남을 것이다.

획! 부스슥!

칼날이 나오는 그 순간 조휘는 다시 수풀 밖으로 몸을 던졌다.

타앙! 퍽!

정확히 노리고 날아온다. 조준은 진짜 제대로지만 역시 아직은 별로이다. 이 정도라면 공작대가 같이 왔으면 벌써 싹 조졌을 것이다.

스가앙!

저 멀리서 거칠게 뽑혀 나오는 발검 소리. 뒤이어 지금 상황에서는 세상에서 가장 아름다운 소리가 뒤이어 울렸다. 은여령은 걱정 안 해도 될 것 같았다. 위지룡과 이화의 저격 소리가 뒤따르고, 계속해서 숲에서는 목숨이 떨어져 내렸다. 그래서 조휘는 뭔가 의심이 들기 시작했다.

푹!

극! 그그그극!

다시 적 하나의 심장을 뚫고 밑으로 갈라내는 순간에도 역시나 의심은 점점 커져가고 있었다.

'겨우 이것만 왔나? 왜?'

솔직히 말해서 질도 별로였다.

아마도 직졸 계급. 게다가 수는 더 별로였다. 슬슬 적의 기척이 느껴지지 않기 시작했다. 아니, 이제는 거의 없었다. 대략 이십 정도였고, 조휘가 넷인가 다섯인가 죽였을 때 은여령이 그 배는 잡아 죽였고, 나머지는 위지룡과 이화의 저격이 저승으로 보냈다. 그러니 의문이 계속 든다.

왜?

왜 이런 수준이고 왜 이 정도밖에 없는데?

광주 같은 거대 도성에 동창이 겨우 이 정도만 있을 리가 없지 않나. 분명 못해도 몇 십 배는 더 있을 것이다. 근데 이것밖에 없다고? 의심은 더더욱 그 덩어리를 키워갔다.

'뭔가 있구나.'

더 이상 소리가 들리지 않기 시작했다.

스르룽, 탁.

은여령이 검을 집에 넣는 소리도 들렸다.

이건 전투가 전부 끝났다는 뜻이다. 그런데 왜지? 한 번 심장이 움찔하더니 아예 폭주하기 시작했다.

쿵쿵쿵! 쾅쾅쾅쾅!

생에 가장 격렬하게 뛰기 시작하는 위기 신호.

"도망쳐!"

그리고 안타깝게도 그 말이 끝나는 순간,

쾅! 콰과콰광!

조휘의 심장 소리가 아닌, 실제로 천지개벽할 포격 소리가 온 세상을 잡아먹었다.

*   *   *

위잉, 위이잉.

귀에서는 이명이 계속해서 들렸고,

"으윽……."

입에서는 고통에 찬 신음이 흘러나왔다. 일순간 상황 파악 능력이 아예 정지해 버렸는지 대체 무슨 일이 일어난 건지 갈피가 안 잡혔다. 하지만 점차 이명이 잦아들고, 숲을 태우는 화마를 보며 점점 사고 능력이 되돌아옴을 느꼈다.

"아윽, 미친 새끼들이……."

예상도 못했다.

설마 총소리를 표적 삼아 포격을 가하리라곤 정말 생각도 못했다. 왜 인원이 적었는지 이제야 이해가 갔다.

"끄응……."

상체를 세운 조휘는 주변을 살폈다.

"은여령! 이화! 장산! 위지룡!"

악을 쓰며 동료들을 부르는 조휘. 여기저기에서 부스럭거리는 소리가 나더니 모두 대답해 왔다. 조휘는 안도의 한숨을 내쉬었다. 정말 재수 없었으면 아주 피눈물을 흘릴 뻔했다. 포탄에 직격 당했으면 시체도 못 찾았을 것이다. 그게 아니더라도 지척에서 터졌으면 목숨은 무조건 날아갔다.

하지만 그렇다고 전부 멀쩡한 건 아니었다.

폭발력에 날려가 여기저기 긁힌 상처는 기본이고 살이 길게 찢어진 이도 있었다. 이화의 상처가 그랬다.

포탄이 폭발하며 사방으로 몰아친 쇠붙이에 긁혔는지 왼팔이 길게 찢어져 있었다. 끙끙거리는 이화의 상처를 은여령이 얼른 무복 자락을 찢어 묶어줬다. 깨끗한 걸로 묶어야 이차 감염의 위험을 조금이라도 줄일 수 있지만 지금 당장은 어쩔 수 없었다. 응급처치를 제대로 해주기에는 상황 자체가 너무 촉박했다.

그래도 이 정도면 매우 좋은 편이다. 제대로 포격을 당했는데 사망자 하나 없다는 사실에 오히려 감사해야 할 판이다.

"뒤로, 일단 뒤로 빠진다."

앞은 위험했다.

얼마나 더 앞의 길을 막고 있을지 지금 예측이 안 됐다. 그리고 총성을 표적 삼아 포격을 가할 거라고는 정말 상상도 못했다. 분명 제대로 된 놈이 앞에 있다는 뜻이기도 했다. 굳이 말을 안 해도 다들 그 정도는 알아차렸을 테니까 군말 없이 뒤로 물러났다. 하지만 적장은 조휘가 도망치게 내버려 둘 생각이 전혀 없어 보였다.

쌍악을 반쯤 뽑아놓고 뒤로 물러나다 말고 전방을 주시하는 조휘. 화마가 잠식한 숲을 헤치며 누군가가, 아니, 일단의 무리가 다가오고 있었다. 불타고 있는 작은 나무 하나를 부서뜨리며 나온 익숙한 얼굴의 놈이 조휘의 시선에 걸렸다.

"역시 이 정도로는 죽지 않을 것 같았지."

"우광."

"그래, 나야. 우광. 잘 지내셨나, 마도?"

"보다시피."

대담한 조휘는 슬쩍 놈의 주변을 훑었다. 제대로 훈련 받은 냄새가 짙게 흘러나오는 자들이 우광의 뒤로 쫙 도열해 있었다. 동창, 그중에서도 정예다.

금위형천호(錦衣衛千戶) 우광(禹廣), 이 미친놈이 조휘를 잡기 위해 아주 제대로 판을 짜놓고 기다리고 있었다.

"그래, 내가 준 재회 선물은 어땠나?"

"화끈해. 몸과 정신이 타들어갈 만큼."

"그렇지? 오래 준비했어. 그날 이후 기다리고 또 기다렸지. 분명 다시 광주에 올 거라는 걸 알았거든."

"어떻게?"

"큭! 장운이 있잖아? 장응서를 잡아간 시점에서부터 장운을 잡으러 언제고 올 거라는 걸 알았지."

"내가 안 갔을 수도 있었을 텐데?"

"감을 믿나?"

동문서답이지만 조휘는 충분히 이해했다. 감을 믿는 부류는 분명히 있다. 특히 그 감이 잘 맞을수록 감에 의존하는 빈도가 높아진다. 조휘도 그쪽에 가깝다. 절대 육감이 보내주는 신호를 무시하지 않는다.

이놈도 마찬가지다.

자신이 올 거라는 감 하나로 조현승 사건 이후 계속 자신을 기다린 것이다. 이렇게 철저하게 준비해 놓고.

"멋지네. 큭."

조휘는 놈의 인내력에 감탄했다. 자신도 끈덕지지만 이놈도 그랬다. 하긴, 딱 봐도 정상이 아닌 놈이긴 하다.

"이번엔 내가 이겼어, 마도. 큭큭! 이 우광이 이겼다고."

"그래, 니가 이겼다."

"큭! 크하핫!"

우광은 기분이 좋은지 바로 대소를 터뜨렸다. 그 웃음에는 진짜 한(恨)이라고 해도 될 만한 감정이 잔뜩 묻어 있었다. 한참을 웃은 우광이 찔끔 난 눈물을 닦고 갑자기 눈을 희번덕거리며 으르렁거렸다.

"내 어깨에 구멍을 내놓고 편히 살 수 있을 것 같았어? 응?"

"그럴 줄 알았지."

"지랄! 지금까지 발 뻗고 살 수 있던 것도 내가 움직이지 않아서야. 알아들어? 마도 니가 타격대에서는 좀 날렸는지 모르겠는데… 나는 복마전에서 살아남은 놈이야! 너 따위와는 살아남은 전장이 달라!"

피식.

조휘의 담담함이 우광을 자극하고 있는지 놈은 점점 더 이성을 잃어가는 모습이다. 조휘는 그런 우광을 말투처럼 담담하게 보고 있었다. 하지만 머리는 팽팽 돌고 있었다. 위기 순간에 나오는 냉철한 이성이 조휘를 잠식하고 있었다. 이화매가 원한 모습, 우광은 모르겠지만 그 모습이 이미 나와 있는 상태였다.

그 예로, 눈동자는 거의 움직이지도 않고 이미 주변을 싹 살핀 상태였다.

'복장으로 보아 총은 없다. 하지만 쉬운 놈들은 아니야. 하나하나가 공작대원보단 못해도 바로 밑은 되겠어. 수는……'

이십.

적다면 적은 수고 많다면 또 많은 그런 수다.

이쪽은 다섯이지만 웬만한 집단은 단신으로도 궤멸시켜 버릴 실력자들이다. 아무리 포격으로 정신이 살짝 가출하고 어리벙벙한 상태에다 포위까지 당한 마당이라 하더라도 저 정도 숫자에 당할 전력은 절대로 아니었다. 오히려 저 정도는 은여령 혼자 있어도 전부 목을 딸 수 있다.

조휘는 이 점을 놓치지 않았다.

'근데도 모습을 나타냈어. 은여령과 이화가 무조건 나와 같이 다니는 걸 알면서도. 우광은 그걸 모르지 않아.'

그렇다면 뭔가 더 있다는 소리다.

모습을 바로 앞에 드러냈으니 포격은 아니다. 총의 모습은 보이지도 않았다.

'그 두 개를 빼면 뭐가 남지?'

다른 게 분명 더 있다.

현재의 상황도 그랬고 조휘의 육감도 그렇게 속삭이고 있었다. 그러나 조휘는 조급해하지 않았다. 저놈은 현재 승리감에 젖어 있다. 그렇다면 나쁘지 않은 상황이다. 저런 종류의 감정에 젖으면 실수를 할 확률이 상당히 높기 때문이다.

그러나 우광도 만만치 않은 놈인 건 확실했다.

이어 나오는 말을 들으니 말이다.

"왜, 이 인원만 데리고 나온 이유가 궁금한가 봐?"

이어 큭큭 웃는 걸 보니 속이 뒤틀리지만, 조휘는 표정을 유지했다. 오히려 더 냉정해졌다.

"이야, 정확해. 뭐야? 뭘 숨겼어?"

"뭘까? 뭘 숨겼을까?"

이해하기 쉽지 않은 둘의 대화이다.

특히 조휘의 기준에서는 더더욱.

조휘는 다 잡았으면 바로 끝을 본다. 빈틈을 내줄 상황 자체를 아예 없애 버린다. 그게 마도 진조휘의 방식이다.

반대로 저놈도 동창 소속이다. 그것도 금위형천호. 아주 높은 자리까지 간 놈이니 맺고 끊는 게 확실한 놈일 텐데 이렇게 대화를 걸어오고 있다. 대화가 놈이 원하는 걸까?

"궁금하네. 니가 뭘 숨겼는지 알려주면 감사할 것 같은데."

"큭큭! 그건 스스로 알아내야지. 그리고 왜 그래? 왜 마도가 마도답지 않지? 응? 나는 마도를 죽이러 왔지 순한 양을 죽이러 온 게 아닌데 말이야."

우광의 뒷말에 조휘는 뭔가 간질거리는 게 있었다.

마도를 잡아 죽이러 왔다는 말, 그건 꽤나 의미심장한 말이다. 확실히 조휘의 지금 모습은 마도의 모습이 아니었다. 그냥 어디에도 있을 법한 그런 사내의 모습이었다. 아니, 오히려 순수한 기가 보일 정도였다.

마도의 상징적인 살기와 사방을 찢어발겨 버리고도 남을 법한 흉포한 기세는 어디에도 없었다.

그게 우광은 못마땅했나 보다.

조휘는 굳이 그걸 보여줄 이유를 찾지 못했다.

"그런가? 좀 변했지? 세상 살다 보니 허망한 것도 있고. 사람 변하는 거 한순간이더라고. 근데 이렇게 사니까 매우 편해. 누굴 죽이고 싶어 일일이 발악 안 해도 되고. 그러니 덤으로 마음도 매우 편안해졌어. 어때, 너도 나처럼 변해보는 게?"

"크흐흣! 지랄! 숨기고 있는 것 안다. 마도… 본성 끄집어내라."

"싫어. 그 모습은 지쳤거든. 심력 소모도 크고. 왜 그런 말도 있잖아. 휘지 않으면 부러진다. 나는 부러지기 싫거든."

조휘는 방식을 바꿨다.

상대가 승리감에 젖었다가 뭐가 마음에 안 드는지 다시 흥분하기 시작하는 걸 알았으니 그 부분을 자극하기 시작했다.

우광의 웃음이 짙어졌다.

얼굴이 예전의 조휘처럼 살기로 번들거리고 있고, 그게 놈이 제정신이 아니라는 걸 말해주고 있었다. 하지만 조휘는 방심하지 않았다. 저놈은 애초에 미친놈이었다. 더 높은 곳으로 올라가는 게 목적이든 사람을 죽이는 게 목적이든 어쨌든 확실하게 정신이상자였다. 조휘의 생각은 정답이긴 했다.

권력.

그 권력이라는 것이 사람 하나 미친놈으로 변하게 만들기에는 차다 못해 넘치고 또 넘쳤다.

또한 우광은 자신이 언제나 위에서 아래로 내려다보길 좋아했다. 자신에게 반항하는 자가 있다면 그 무릎을 잘라 엎어진 자의 머리를 밟고 비릿하게 웃는 걸 즐기는 자였다. 그렇게 살던 놈이 된통 당했다.

마도 진조휘에게.

다 잡은 조현승을 풀어줘야 했던 건 둘째 치고 괜히 버티다가 조휘의 신호를 받은 위지룡의 저격에 어깨에 바람구멍까지 뚫렸다. 그 일은 놈의 자존심, 성격에 거대한 흠집을 내버렸고, 그 분함과 복수심에 치를 떨어 잠도 제대로 못 잘 지경에까지 이르렀다. 그래서 이 판을 짠 거다.

조사하다 보니 장웅서를 마도가 잡았다는 정황을 포착했고, 장웅서를 캐보니 위에 장운이 있었다.

그때 확신했다.

언제고 놈은 장운을 잡으러 올 거라고.

그래서 복마전에 간청을 올려 자신의 판에 필요한 물건을 요청했고, 그 요청은 흔쾌히 받아들여져 마도가 타고 다니던 쾌속선보다 빠른, 포를 단 개조 쾌속선을 받았다. 이후 마도의 성향을 철저히 조사했다.

타격대 시절부터 모두.

뢰주에 제법 아는 자들이 있어 조사는 어렵지 않았다. 마도란 별호답지 않게 수하들을 챙긴다는 정보가 결정적이었다. 이후 세세하게 판을 짜고 기다렸다. 쾌속선이 광주로 들어섰다는 첩보를 받았고, 바로 짠 판을 크게 펼쳤다.

도주로로 예상되는 곳에 병력은 이미 배치했고, 정신을 날려 버리고 이런 상황을 만들어줄 포도 설치해 놨다.

예측대로 마도는 안으로 기어들어 왔다.

모든 게 척척 맞아떨어졌다.

그런데 웬걸…….

마도가 그 마도가 아니었다.

자신의 어깨에 구멍을 뚫은 마도가 아니었단 소리다. 순한 양처럼, 마치 어떠한 일도 받아들이겠다는 담담한 눈빛을 한 진조휘만 있을 뿐이다.

그게 싫었다.

"꺼내……"

놈의 말을 들은 조휘는 살짝 고개를 갸웃거렸다.

물론 알면서 모른 척 의도적인 행동이었다.

"뭘?"

"장난 그만 치고 꺼내라고."

"그러니까, 뭘?"

"꺼내라고!"

포격 소리 저리 가라 할 만한 외침이었다. 그 안에는 초조함이 있었다. 하지만 조휘는 넘어가지 않았다. 지금은 놈이 숨겨둔 게 파악이 안 된 상황이다. 함부로 움직일 수 없었다. 누누이 말하지만 전장에서는 잘못된 선택 한 번이, 어긋난 결정 한 번이 저승의 손짓을 부른다. 수없이 겪어봤으니 그건 조휘가 가장 잘 알았다.

그 순간 조휘는 자신의 귀에도 잘 들리지 않을 정도로 작은 말을 복화술로 풀어냈다. 은여령이라면 충분히 들을 수 있을 것이다.

"주변 기척은?"

"없어요."

답은 바로 아주 작은 목소리로 돌아왔다.

조휘는 그 답을 들으면서도 표정은 그대로 유지했고, 눈빛도 풀지 않고 우광을 보고 있었다.

"크흐! 크하핫! 이 개새끼가 나를 우롱해?"

"……."

그 말이 끝나기가 무섭게였다.

다시 포격전에서 느끼던, 위기 순간마다 느끼던 끈적끈적한 감각이 등줄기를 타고 내달렸다.

*   *   *

조휘의 감이 마구 소리치고 있을 때, 우광이 비릿하게 웃으며 턱짓했다.

"선물 하나 드려라."

휘릭!

그 말이 끝나기가 무섭게 시꺼먼 구체 하나가 우광의 뒤에서 날아왔다. 본능적으로 그 구체가 진천뢰임을 알았다. 덜컥 몸에 제동이 잠깐 걸렸다가 쳐내기 위해 움직이려는 찰나 먼저 움직이는 사람이 있었다.

은여령이었다.

그녀는 바닥에 떨어지려는 진천뢰를 검 끝에 얹고는 그대로 쏴 올렸다. 한 편의 예술 같은 움직임이었다.

콰앙!

잠시 후 진천뢰가 거대한 폭음을 일으키며 터졌다. 한참 위에

서 터져 풍압은 지상까지 영향을 미쳤으나 그 누구도 다친 사람
은 없었다. 잠시 어깨가 들썩였을 뿐, 그걸로 끝이었다. 조휘는
그 순간에도 우광에게서 눈을 떼지 않았다. 놈도 조휘에게서 눈
을 떼지 않고 있었다. 비릿한 웃음은 여전했다.

"진천뢰였어?"

"진천뢰뿐일까?"

자신이 한 말과 비슷하게 조롱하는 우광에게 조휘는 피식 비
웃음을 던져줬다. 이놈은 아직도 조휘가 마도이길 바라고 있었
다. 하지만 애타는 건 상대, 아직까지 뭐가 있을 거라는 예감에
조휘는 그 바람을 이루어주지 않았다.

"이야, 대단하네, 대단해. 그걸 또 그렇게 받아서 던지나? 과연
백검의 은성검, 명불허전이야, 명불허전. 크흐흣!"

은여령에게 시선을 돌리고 그녀를 훑어보는 눈빛에 경멸스런
감정이 떠올랐다. 탐욕과 색욕이 어우러진 그런 눈빛이다.

"은성검에게 제안 하나 하지. 이쪽으로 오면 저놈들은 다 살려
줄게."

"……"

은여령은 대답하지 않았다.

당연하다.

전혀 대답할 만한 가치가 없는 말이었으니까. 하지만 우광은
멈추지 않았다. 비릿한 조소를 지은 채 다시 입을 열었다.

"진짜라니까? 아아, 나 우광, 한 말은 지켜. 봤잖아? 그때 한

말 지키는 지금 내 모습. 믿음이 가지 않나?"

"……."

"정말 너만 이쪽으로 투항하면 마도하고 저 뒤에 떨거지들 다 살려줄게. 약속한다고. 아, 맞다. 물론 가랑이 활짝 벌리는 것도 포함이야. 크홋! 그 나이 먹도록 설마 처녀는 아닐 테니 배 한 번 지나간다고 뭐 닳는 것도 아니잖아?"

"……."

"괜찮은 제안 아닌가? 내 밑에 깔려 교성 한번 아흥 하고 질러 주면 모두가 행복한 거야! 흐흐, 잘 생각해 보라고. 시간은 내가 움직이기 전까지야. 크하핫!"

"……."

은여령도 조휘도 대답하지 않았다.

이건 누가 봐도 격장지계를 써먹기 위한 의도적인 말이다. 순간적인 판단으로 은여령을 흔들겠다는 생각.

조휘는 은여령의 표정을 살펴보지도 않았다.

이 정도에 흔들렸을 그녀라면 이미 사형제들이 죽고 자신만 살아남았을 때, 서창의 덫에 철저하게 박살 났을 때 그녀도 같이 박살 났을 것이다. 그것도 이겨낸 여자가 저런 말에 흔들릴 리가 없었다.

조휘의 생각은 맞았다.

은여령의 표정은 일말의 변화도 없었다.

그저 검을 늘어뜨리고는 언제고 움직일 준비를 하고 있을 뿐.

속으로도 마찬가지다. 한 치의 흔들림도 없이 그녀는 고요한 숲과 같은 상태였다. 그러나 알아둬야 할 게 있다. 숲은 고요하다.

하지만 바람이 불면 숲은 무서워진다.

특히 지금처럼 화마를 품은 숲이라면 말할 것도 없이 더. 단지 그 바람이 불지 않아 고요한 상태일 뿐이다.

아마 놈은 모를 거다.

은여령이 지금 기회를 보고 있음을.

"쓸데없는 격장지계는 끝났나?"

"이런, 들켰어?"

"그런 애도 안 쓰는 짓을 하는데 누가 몰라?"

"크흐, 그렇지? 이건 좀 그랬지? 나도 별로야. 저런 년은 줘도 먹기 싫어."

은근슬쩍 다시 한 번 걸어보지만 조휘가 그걸 지켜볼 리가 만무하다. 입가에 처음으로 시린 미소가 걸렸다.

"이제 다 끝난 건가? 더 없어?"

"있을까, 없을까?"

그러자 우광은 단박에 조휘의 미소에 반응했다. 눈빛이 말똥말똥. 아주 눈부셔서 쳐다보는 것도 부담스러울 정도로 단박에 돌아섰다.

"없는 것 같아, 이제. 그리고 그거 알아? 내 앞에서 이렇게 주저리주저리 떠든 놈치고 오래 산 놈 없다는 거."

"없긴 왜 없어? 그때 내가 살았는데. 마도, 건방 떨지 마라. 아직 상황 파악이 안 돼?"

"돼. 니가 죽고 싶어 발악하고 있다는 파악이 되고 있어."

"크핫! 이거 알고 봤더니 마도도 아가리만 산 새끼였구나?"

"그래 보이나?"

"그렇게밖에 안 보여, 새꺄! 어디서 턱도 없는 협박질이야!"

피식.

겉으로는 웃었으나 속은 조금씩 타들어가고 있었다.

우광 저 새끼가 저렇게 태평한 이유를 모르겠어서였다. 그것만 알았다면 수를 만들어 길을 뚫든, 아니면 저 새끼 아가리를 찢어버리든 둘 중 하나를 택해서 벌써 움직이고도 남았다. 이런 사실은 은여령도, 뒤에 있는 이화, 장산과 위지룡도 알고 있었다. 조휘는 원래 전투 중 적과 대화를 많이 나누는 편이 아니니까.

있다면 그건 언제나 뭔가 변수가 존재해서 그걸 알아내려 시간을 끌 때뿐이다. 시간 끌기로는 대화만큼 좋은 게 또 없으니까.

히죽.

우광이 그때 더러운 미소를 지었다.

"솔직히 말해봐. 너도 지금 확신이 안 들어서 이 지랄을 하고 있는 거 아냐. 안 그래? 너 원래 말 많은 새끼 아니잖아. 내가 다 조사해 봤거든? 근데 꼭 주둥이 나불거릴 때는 뭔가 알아보려고 할 때더라고?"

피식.

그 말에 이번엔 반대로 조휘가 입가에 시린 조소를 그렸다.

"걸렸네. 그래서 뭔데? 뭘 가지고 날 압박할 건지 들어나 보자."

"안 말해준다고. 스스로 알아보라니까?"

"알려주기 싫다… 서운하네. 오랜만에 만나서 반갑다고 해놓고."

"크흑! 와, 마도 많이 변했구나? 그런 말도 할 줄 알고."

"그럼, 변했지. 근데……."

"근데?"

"내 선물은 아직 안 받았잖아?"

"뭐?"

퉁!

퍽!

조휘의 뒤에서 그 어떤 예고도 없이 날아든 홍뢰가 우광의 어깨를 뚫었다. 예전에 뚫은 곳의 반대였다. 우광의 상체가 흔들렸다가 다시 제자리로 돌아왔다. 그는 한 발자국도 움직이지 않았다.

신음도 흘리지 않았다.

"……."

조휘와 우광은 서로 말없이 바라봤다.

그리고 점차 서로의 입가에 서로 다른 감정이 담긴 미소가 그려지기 시작했다. 악귀처럼 웃고 있던 그가 홍뢰를 잡아 그대로 뽑아버렸다. 피가 솟구쳤고, 수하 하나가 급히 지혈을 할 때까지 웃기만 할 뿐 말을 꺼내진 않았다. 이어서 지혈이 끝나자 어깨를 들썩이며 킥킥거리며 입을 여는 우광.

"킥킥! 흐아, 흐아아… 대단하다. 이 상황에 또 어깨가 뚫리나. 아하하!"

"마음 푼 놈이 병신이지."

"분명 다 뿔뿔이 흩어질 줄 알았는데… 그게 니들 기본 수칙에도 있잖아? 분명 그렇게 파악했는데… 왜?"

"글쎄. 상황은 언제나 바꾸게 마련 아닌가?"

조휘가 선물이라고 하자마자 홍뢰가 날아온 건 은여령이 복화술로 전해준 내용 때문이었다. 공작대가 돌아와 천천히 우광을 포위 중이라는 말. 조휘도 드문드문 들어서 겨우 이해할 정도로 작은 말이었다.

그 내용을 접수한 조휘는 좀 기다리다가 일부러 선물이라는 단어를 꺼냈다. 그 결과 선물이 날아들었다.

악도건의 손에서.

하지만 조휘는 상황을 낙담하지는 않았다.

놈들이 돌아왔다는 건 다른 두 가지 의미로도 해석이 가능했다.

하나, 공작대가 빠져나갈 틈이 없다.

둘, 돌아옴으로써 다 같이 포위당했다.

이렇게 두 가지로 해석될 수도 있었다. 다섯의 목숨을 책임져야 하는 상황에서 공작대 전체의 목숨을 책임져야 하는 상황으로 급변한 것이다.

'그렇다면 차라리……'

조휘의 입가에 걸려 있던 미소가 훅 진해졌다.

"이제 죽어야겠다, 너."

빠르게 여기를 정리하고 일점으로 돌파한다.

"나 혼자 죽진 않을걸?"

뭘 믿고 그러는지 모른 조휘다. 근데 하나 감이 잡혔다. 우광의 말이 끝나기가 무섭게 놈들이 진천뢰를 양손에 꺼내 들었다.

스무 놈이 양손에 들었으니 무려 사십 개다. 조휘의 얼굴에 살짝 균열이 갔다.

"이 새끼들 몸에 더 있어. 두 발씩. 큭큭! 죽이고 싶으면 이놈들이 하나도 터뜨리지 못하게 죽여야 할 거야. 아니면 연쇄 폭발로 너만큼은 반드시 뒤져, 마도."

"천라지망이 첫째고, 니 목숨 구명줄은 진천뢰인가?"

"그래, 평범한 방법으로는 마도를 못 잡겠더라고. 워낙에 재수 없는 새끼긴 한데 실력도 출중하단 말이지. 그래서 내 목숨을 담보로 니 목숨도 잡을 생각이야. 어때, 죽이지?"

"......."

"한 발자국도 움직이지 마. 공작대가 아무리 사격 실력이 좋다고 해도 이놈들이 불규칙적으로 심지를 당기면 너도, 나도, 은성검도, 그리고 저 뒤에 있는 떨거지들도 다 뒈지는 거야."

으르렁거리는 느낌이 강렬하게 밴 우광의 말에 조휘는 시린 눈빛으로 답할 뿐 아직 대답은 하지 않았다. 그러나 이번에도 머리는 쉬지 않고 회전 중이었다.

'지 목숨은 분명 아까워하는 새끼가 맞는데… 왜? 왜 이런 극단전인 전술을 택했지?'

우광이 제 목숨을 아낀다는 건 이미 조현승을 구출할 때 보여줬다. 제대로 포위당해 결국 조현승을 놔줬다. 그것 자체가 자신의 목숨을 아낀다는 의미이다. 그러던 놈이 이번에 갑자기 제 목숨을 걸었다.

의심을 안 할 수가 없었다.

그렇다고 무시하고 움직일 수도 없었다.

진천뢰 사십 발이 터지면……?

그 폭발에 자신은 물론 은여령과 뒤에 동료들, 그리고 저 새끼들까지 전부 화마에 육신이 갈가리 찢겨 나갈 것이다.

일촉즉발(一觸卽發).

딱 지금을 두고 하는 말이다.

그리고 그 순간, 이곳으로 향하는 함대가 있었다.

선수의 갑판에서 바람을 맞으며 우두커니 서 있는 사내. 그의 위로는 다섯 개의 붉은 연꽃이 그려진 기가 펄럭이고 있었다. 그 연꽃들 사이로 오(五)라는 글자가 선명하다. 왜구들에게는 이화매만큼이나 악몽적인 존재, 원륭이다.

"아직 멀었나?"

"보고 받은 장소는 약 일각 후면 도착합니다."

급보를 받았다.

아침나절 광주에서 날아든 급보였다.

공작대가 광주에서 작전을 뛰는 건 전부 보고 받고 있었다. 그래서 물심양면 도움을 주라는 지시를 내려놨다. 그때까지만 해도 훌륭히 공작대가 장운을 끌고 올 거라 생각했다. 몸 성히 무사히.

근데 작전 개시 이후 갑자기 날아든 급보가 문제였다.

관의 대처가 지나치게 빨랐던 것이다. 쾌속선 세 척이 무시무시한 속도로 추격을 시작했고, 광주에 있던 우광의 수하들이 대놓고 움직임을 보였다는 것에다가 기병대가 즉각 동문을 통해 연안가로 내달렸다는 것이다. 궁, 보병대도 움직였다. 그 수가 무려 일천에 가깝다. 기병도 그 정도는 되고.

그러한 정보가 광주와 광주 근해에서 정박 중이던 오함대 기함을 잇는 영물 전서응을 통해 바로 날아들었다.

원륭은 바로 쾌속선 세 척에 정예를 이끌고 출발했다. 최대한 속도에 치중했기에 쾌속선에 탄 대원 수는 많지 않았지만 전투가 목적이 아니었다. 이들은 지원이고, 진짜 목적은 공작대의 구출이었다.

차갑게 굳은 얼굴로 원륭은 이번 작전이 이상하다고 생각했다.

'마도와 사형이 안일하게 작전을 짰을 리는 없어. 그런데도 이렇게 대응이 빨랐다면 준비하고 있었던가, 아니면 내통자가 있다.'

그게 원륭의 생각이었다.

게다가 오홍련의 쾌속선은 빠르다.

함포도 매달지 않았기에 진짜 쭉쭉 내달린다. 그런데 전서응이 가져온 정보에는 추격선이 선수포를 달았는데도 쫓아갔다고 했다. 그건 황실의 기술력이 오홍련의 기술력을 앞질렀다는 뜻이다.

'계속 숨기고 있다가 이제 와서 터뜨리는가. 위험해. 이건 총제독에게 직접 건의해야겠어.'

그냥 넘길 문제가 아니었다.

계속해서 기술력에서 밀려 공작대가 피해를 보고 있었다. 총제독의 작전 중추에 있는 게 바로 공작대다. 그들의 능력이 뛰어나 살아 돌아오긴 하나 피해는 계속해서 누적된다. 이런 건 오홍련 사기에도 좋지 않은 영향을 끼칠 것이다.

"제독, 도착했습니다."

"배를 해안가에 접안시키고 신호를 울려."

"네."

배가 해안가로 접안하고 수하 하나가 그대로 오홍련의 퇴각용 효시(嚆矢)를 쏴 올렸다.

*　　　　*　　　　*

삐이이이이!

화마의 날름거리는 혓소리를 뚫고 날카로운 소리가 울렸다. 그 소리에 조휘는 순간 흠칫했다. 잘못 들었나? 했지만 곧 고개를 저었다. 효시다. 오홍련에서 자체 개발한 효시가 분명했다. 그 것도 퇴각용 효시.

어디로?

어디겠나.

해안가 쪽, 뒤쪽에서 들려왔다.

서로 마주 보고 있는 상황인데, 우광의 얼굴이 악귀처럼 일그러지기 시작했다. 놈도 효시를 들었으니 알아챈 거다.

"원룡 이 개새끼……."

"실수한 거야. 아가리도 털 때 털었어야지. 미끼를 문 물고기도 손에 쥐기 전까지는 다 잡은 게 아니라는 걸 모르나?"

"……"

뿌드득!

이 가는 소리가 소름 끼치게 들려왔다. 하지만 조휘는 여전히 웃고 있었다.

"니가 그러니까 거기서 멈춰 있는 거야. 쓸데없는 자존심만 챙기니까."

"죽여 버린다."

"틀렸어."

"……."

죽는다고?

조휘는 눈곱만큼도 이 자리에서 죽을 생각이 없었다. 저놈이 진짜 미쳐 가지고 수하들의 손에 들린 진천뢰를 터뜨리면 확실히 조휘가 죽을 확률은 높아진다. 순식간에 거대한 불 폭풍이 몰아닥칠 것이고, 그건 현재 주변 지형지물 상 쉽게 피하기는 어려운 상황이다. 원룡이 지원을 왔다고 해서 상황이 완벽하게 조휘에게 좋아진 건 아니었다. 아직 목줄은 저놈이 쥐고 있는 상황.

자, 그럼 이제…….

"협상을 해볼까?"

"뭐?"

"그때는 내가 조현승을 받아갔지."

"장운을… 주겠다는 거냐?"

"필요 없으면 그냥 내가 가지고 가고."

"흐흐, 그놈이 협상거리가 된다고 생각하나?"

"안 될… 것도 없지 않나? 이놈 정도면… 대가리에 든 게 꽤나 많을 테니 말이야. 그래서 군까지 동원해서 쫓아온 것 아닌가? 죽이거나, 아니면 살리거나. 주둥이를 확실히 막을 목적으로."

이건 넘겨짚기였다.

확실치 않으니까 그냥 툭 던져서 반응을 보려 한 것이다. 우광의 표정에는 변화가 없었다. 조휘는 관심 없다는 듯 조용히 대답을 기다렸다.

"흐, 흐흐. 미치겠네, 이거."

우광의 입은 한참 후에야 열렸다.

짜증과 광기가 넘실거리고 있다.

눈빛에 새파란 독기가 스며들어 있는데, 그걸 터뜨리지 못하는 상황이다. 왜? 진천뢰는 자신의 목숨도 확실하게 앗아갈 것이기 때문이다. 애초에 준비가 잘못됐다. 조휘를 조사했으면 동반 폭사 따위에 겁먹을 위인이 아님을 알아야 했다. 그리고 첫 번째 포격. 사실 여기서 끝장을 볼 줄 알았다.

설마 그 폭발 속에서 저리 멀쩡할 거라는 생각은 아주 조금도 못했다. 오늘을 위해서 그렇게 연습했고, 보니까 제대로 총성이 울리던 곳을 타격했다. 근데도 저리 멀쩡하다.

"넌 진짜 운 하나는……."

"아니지, 실력이야. 운으로 이 상황을 치부하기에는 좀 그렇지 않나?"

"개새끼……."

"이제 선택하지? 다 같이 죽던가, 아니면 장운만 가지고 꺼지던가."

내줄 땐 내준다.

장운 이 새끼가 연백호의 죽음에 관여한 건 분명하지만 그래도 그 사실보다 자신, 그리고 동료들의 목숨과 바꿀 수는 없었다.

왜?

'산 사람이 먼저니까.'

조휘에게 있어선 불변의 진리다.

복수, 그건 죽은 사람을 위해 산 사람이 대신 해주는 의식에 가깝다. 하지만 그 복수를 해줄 사람은 어떻게 봐도 산 사람. 그러니 조휘가 적가를, 적무영을 죽이려고 그렇게 아등바등 살아남은 거다.

다 잡은 장운이 아깝긴 하지만 어쩔 수 없었다.

여기선 놔줘야 한다.

"큭! 큭큭!"

조휘의 말에 우광은 다시 대소를 터뜨렸다. 누가 봐도 미친놈의 광소였다. 그렇게 웃고 있는 와중에 부스럭거리는 소리가 들렸다. 조휘는 고개를 돌리지 않았다. 돌렸다간 무슨 짓을 할지 모르니까.

"원릉……."

웃음을 뚝 그친 우광이 다가오는 자의 정체를 대신 밝혀줬다. 원륭은 거침없이 다가와 조휘의 앞으로 비스듬히 나섰다. 그리고는 가볍게 철선(鐵扇)을 펼쳐 살랑살랑 부쳤다. 원륭의 얼굴은 스쳐 갈 때 슬쩍 봤는데 진짜 장난 아니었다. 푸른 설산에 사는 악귀의 얼굴이 저럴까? 비슷할 것 같다.

그런 원륭의 입술이 열렸다.

"우광, 내 이름을 함부로 부르다니 많이 컸구나."

"큭! 크흐흐! 내가 아직 예전의 우광으로 보이나?"

"예전의 우광이든 아니든 나한테는 그저 애송이 우광이다. 내가 세 번째 살려줬을 때 분명 얘기했을 텐데? 내 눈에 다시 한 번 띄면 그땐 죽이겠다고."

"내가… 내가 금위형천호 우광이다! 이 대명천하에서 감히 누가 나를 죽여!"

피식.

다 들으라는 듯이 대놓고 비웃은 원륭이 갑자기 철선을 휙 뿌렸다.

푹!

"큭!"

작은 쇠침이 우광의 목옆을 스쳐 지나갔다. 비틀지 않았으면 그대로 목젖에 꽂혔을 거다. 그에 이를 뿌득 간 우광이 원륭을 돌아보며 소리쳤다.

"원륭!"

"건방 떨지 마라, 우광. 광주성의 군을 통제할 수 있는 건 너뿐만이 아니니. 실제로 니가 그 진천뢰를 뽑아 든 건 초조해서가 아니냐. 원래는 바로 포위를 해오기로 했는데 오질 않으니 말이다."

"이놈! 그걸 어떻게……!"

"내가 막았다. 광동성의 왕은 황실이 아니라 우리 오홍련이다. 그리고 실직적인 지배자는 총제독이고 그다음이 나다. 내 명령을 어길 놈이 과연 있을 것 같았더냐."

"개새끼가……!"

악을 쓰는 우광을 보며 조휘는 포위망이 왜 안 좁혀져 오는지 그제야 알았다. 바로 사달을 알아챈 원륭이 조치를 취해놓은 거다. 해안가, 산동성부터 광동성까지는 모두 오홍련과 동맹이라고 봐도 좋았다. 그의 말 한마디면 솔직히 없던 것도 생겨난다. 있던 것도 없어지고. 도지휘사와 같은 막강한 권력을 쓸 수 있는 사람이 바로 원륭이란 소리다. 빠르게 수작질을 하려 했지만 실패한 거다, 우광은.

그래서 급히 나왔고, 상황을 어떻게든 뒤집어보려고 진천뢰를 꺼내 들었는데 그 순간에 원륭이 등장했고, 그래서 다 엎어져 버렸다.

"역시 많이 컸어. 욕까지 하고. 여기서 그냥 죽일까?"

"흥! 그랬다간 다 죽어! 이거 터지면 니들 다 전부 황천길로 들어서는 거야!"

피식.

"과연 그럴까?"

우광은 급속도로 무너져 갔다.

자연을 설명하자면 먹이사슬이란 단어가 가장 먼저 생각난다. 우광과 원릉이 그랬다. 우광은 마치 고양이 앞의 쥐처럼 보였다. 말이야 험하게 하지만 이미 눈빛이 흔들리는 걸 보니 정신적으로 무너지고 있었다.

"오홍련의 정보력을 무시하지 마라. 손에 든 그거, 전부 진천뢰는 아니잖아? 안 그래?"

"……."

쿵!

원릉의 말에 우광 말고 조휘의 얼굴에도 균열이 갔다. 이건 또 생각도 못한 일이다. 조휘가 입술을 깨무는 순간, 원릉이 다시 입을 열었다.

"해안가, 특히 광주성에 내가 얼마나 공을 들이는지 아나? 니들 지원품으로 들어오는 건 중간에서 손은 안 댔어도 어떤 물건이 얼마나 들어오는지 거의 다 파악하고 있어. 진천뢰는 황실에서 몇 발 남겨놓고 다 가져갔잖아? 쓸 데가 있다고. 안 그래?"

"큭! 크흐흐! 크하하하! 뒤져!"

우광이 결국 폭발했는지 옆에 있던 수하의 진천뢰를 뺏어 심지를 당긴 다음 원릉에게 던졌다. 등골이 쭈뼛 섰다. 새까만 원형 철구. 위험 신호가 온 걸로 보아 진천뢰다. 이번에도 은여령이 먼저 반응했다. 바람처럼 앞으로 달려나가 정확히 타들어가는 심지를 베어버렸다.

무시무시한 반응 속도에 발검, 그리고 정확도였다. 이건 조휘도 무리였다. 심지가 아예 잘려나간 철구는 그대로 원륭이 한 손으로 잡아챘다. 묵직할 텐데도 빙글 뒤쪽에서 손바닥으로 감아 도니 한 바퀴를 다 돌았을 때는 원륭의 손바닥에 고스란히 올려 있었다.

원륭.

심기만 대단한 게 아니라 일신상의 무예도 대단했다. 저런 건 아무나 하는 게 아니다. 조휘라고 해도 쉽게 못할 거다. 하지만 왜일까.

등골은 아직도 시리다. 조휘는 우광에게서 시선을 떼고 원륭에게 시선을 던졌다. 정확히는 그 손에 들린 진천뢰다.

그는 받은 진천뢰를 손에서 던졌다가 받기를 몇 번 하더니 다시 피식 웃었다.

"가볍군. 화약 냄새도 안 나고. 이건 공갈용이야. 너는 여전히 멍청하구나. 던질 거면 진짜를 던지던가."

"흐흐! 과연 그럴까?"

원륭의 말에 대답하는 우광.

조휘는 그 순간 다시 자신의 등골이 타들어가는 느낌이 들었다. 이번엔 조휘가 먼저 움직였다. 곧바로 철구를 뺏어 하늘 높이 우광에게 도로 던졌다. 호흡으로 이십 정도? 뭔지는 몰라도 자신의 감이 틀렸기를…….

"숙여!"

바랐건만 이루어지지 않았다.

콰앙!

터졌다.

심지를 잘라낸 진천뢰가 터지면서 무수히 많은 세침을 사방으로 뿜어냈다.

따다다다당!

후우우웅!

푸북! 푸부부북!

괴상한, 듣기 싫은 소리들이 사방팔방에서 울렸다. 조휘는 쌍악을 나란히 세워 온몸을 웅크렸다.

"큭……!"

하지만 반경이 적어서 그런지 얼굴과 상체의 중요 부위를 뺀 어깨와 종아리, 무릎 같은 곳에 열댓 발이나 꽂혔다. 원륭은 어느새 하나 더 꺼낸 섭선으로 자신처럼 숙이며 막아냈지만 조휘처럼 몇 발은 몸에 꽂혔다. 은여령은 그 짧은 시간에 자신의 정면에 검풍(劍風)을 일으켰다. 내력이 있는 그녀만 할 수 있는 방어 기예이다.

이화와 위지룡은 장산의 넓은 대부가 별 피해 없이 막아줬다. 하지만 우광 이놈은 멀쩡했다.

터지는 순간 장포 자락으로 온몸을 감쌌는데 특수한 처리를 한 질긴 가죽인지 세침이 그 장포를 뚫지 못하고 전부 바닥에 떨어졌다. 이 전부가 순식간에 벌어진 일이었다.

후우웅!

매캐한 화약 냄새가 사방을 훑고 있다.

"퇴각!"

그때 우광이 퇴각 신호를 내렸다.

말이 떨어지기 무섭게 일사불란하게 사라지는 우광과 동창. 조휘는 몸을 천천히 일으켰지만 쫓지는 않았다.

발걸음 소리가 멀어지며 우광의 외침이 들렸다.

"으득! 마도! 원륭! 내 기필코 다음에 만날 때 찢어 죽여주마! 으하하핫!"

"큭!"

조휘의 입에서 짜증, 분노, 거기에 이제야 기어 나온 마(魔)가 뒤엉킨 으르렁거림이 흘러나왔다.

"개새끼가……."

끝까지 사람 속을 뒤집어놓고 갔다.

"우광, 이번엔 준비를 많이 했구나."

일어선 원륭이 몸에 박힌 세침 하나를 뽑아 들며 말했다. 굳은 얼굴에 북해의 빙정에 비교해도 될 법한 분노가 서려 있다. 이어서 세침을 돌려 보다 코를 가볍게 대는 원륭.

"다행히 독은 안 발라져 있군. 하긴, 독을 발랐어도 폭발하는 순간 모조리 타버렸을 테니."

원륭은 별것 아닌 것처럼 말하고는 몸에 꽂힌 침을 뽑아냈다.

"후우, 까드득!"

한숨과 함께 이를 간 조휘는 쌍악을 넣고 침을 뽑았다. 뜨끔하는 감각이 이번에는 우광에게도 졌다는 걸 암시했다. 기분 역시 더러웠다.

"괜찮아요?"

"……"

조휘는 말없이 고개를 끄덕였다.

이번에는 순전히 감이 좋아서였다. 만약 조휘가 감을 무시하고 가만있었다면? 대비도 못한 상태에서 터졌으니 원륭은 아마 고슴도치가 됐을 것이다. 더불어 바로 옆에 있던 조휘도 무사하지 못했을 거다.

대비를 했기에, 그래서 전신에 힘을 꽉 줬기에 이 정도이지, 아니면 침은 아예 살 안까지 파고들어 뽑아내지도 못했을 것이다.

"보고할 게 하나 더 늘었군. 진 대주, 괜찮습니까?"

"네."

"후우, 돌아갑시다."

"네."

원륭이 움직이고 조휘는 그 뒤를 따랐다. 작전은? 성공은 성공이다. 원륭의 도움을 받아 상황을 타계했지만 어쨌든 장운은 잡았다. 하지만 뒤끝이 너무 좋지 않았다.

'우광, 준비 많이 하고 있었구나.'

그의 끈기, 칭찬해 줄 만했다.

덕분에 정신 차리고 시작한 첫 작전에서 또다시 삼도천을 건널 뻔했으니까. 그래서일까? 배에 올라탄 조휘의 얼굴이 어두웠다.

그리고 그건 공작대 전체가 마찬가지였다.

제74장
재정비

　원륭이 내준 쾌속선으로 주산군도로 돌아가는 길에 올라선 조휘는 다 제쳐두고 장운을 끌어다 앉혔다.

　"장운."

　"……."

　입을 꾹 닫고 버티려는 기미가 보인다.

　눈빛은 여전했다. 마치 자신은 정말 아무런 잘못도 없다는 눈빛이다. 장군의 눈빛. 일군을 이끄는 자의 기상이 담긴 그런 눈빛 말이다. 조휘는 그게 짜증났다.

　쫙!

　채찍처럼 뻗어 나간 손이 장운의 뺨을 후려갈겼다. 고개가 휙 돌아가며 묵직하면서도 날카로운 소리가 갑판 위에 울렸고, 동시에 피가 튀었다. 한 방에 입술이 터진 것이다. 하지만 장운은 신음 한번 흘리지 않았다. 대단한 새끼다, 진짜.

획 돌아갔던 고개가 다시 천천히 돌아왔다.

눈빛도 변하지 않았다.

피식.

"내가 기분이 별로 안 좋아. 질질 끌지 말자. 되도록 마(魔)는 꺼내고 싶지 않으니까."

"오해다."

"오해? 무슨 오해? 아아, 연백호와 니가 친우라고? 그의 죽음에 관여치 않았다고?"

"그렇다."

다부진 대답.

그에 조휘의 어깨가 다시 돌아갔다.

턱을 쪼개 버릴 기세로, 뺨을 찢어버릴 기세로 날아간 손바닥은 다시금 장운의 반대쪽 뺨을 후려갈겼다.

쫘악!

이번엔 더 묵직하고 더 날카롭게 들렸다.

"크윽……."

첫 방을 버틴 장운이 신음을 흘릴 정도였다. 소름이 쭉 돋는 그런 소리였다. 조휘는 그런 장운을 보며 웃고 있었다. 입가의 미소는 마(魔)가 긴 미소도 아니었다. 근데 그게 정말 심장을 덜컥

거리게 만들 정도로 무서웠다. 몇 년을 함께한 위지룡과 장산조차 침을 꿀꺽 삼킬 정도였다.

역시 마도(魔刀).

마귀 마(魔) 자에 칼 도(刀) 자의 별호를 적으로부터 먼저 불리던 사내다웠다. 모리휘원의 기습 이후, 조휘는 갑자기 선해진 것처럼 보였지만 원래 이런 사람이었다. 본질이 이렇단 소리다.

"화운겸이라고 알아?"

"모른… 다."

"있어, 그런 놈이. 적무영 그 개새끼한테 붙은 놈인데, 그놈이 딱 너 같았어. 나는 물론 여기 공작대 전원을 속였지. 아주 깔끔하게. 덕분에 신참이 몇이나 죽었고, 난 그 복수를 한다고 깝치다가 니들이 만든 무기에 당해 사경을 헤맸어."

"……"

"장운."

"……"

"내가 이런 말을 왜 해주는지 알아?"

"모… 른다."

쫘악!

말이 떨어지기 무섭게 장운의 고개가 획 돌아갔다. 두둑! 소리까지 들렸다. 힘이 하도 들어가 목뼈가 탈골될 정도로 비틀린 것이다. 그것도 힘으로, 강제로. 그만큼 제대로 후려쳤다는 뜻. 죽일 작정이었을까?

"다신 그런 실수 하지 않겠다고 말하는 거야."

"크흐, 흐으으……."

이번엔 진짜 고통이 컸는지 장운이 흐느끼듯 신음을 흘렸다. 그런 장운을 보는 조휘의 눈빛에는 일말의 동정도 없었다. 그렇다고 예전 장응서를 고문할 때처럼 살기에 찬 모습도 아니었다.

그저 담담하면서 그 안에서 감정은 쏙 빼서 마치 생명이 느껴지지 않는 기계가 하는 말처럼 느껴졌다.

"본부까지 가는 시간은 길어. 그리고 거기서도 다음 작전을 나갈 때까지 시간은 많고. 괜한 생각 따위는 버려."

"정말… 난 아니다! 그와 난 친구였어! 한명(翰明) 선생 밑에서 같이 동문수학한 친우! 그 옛날 유현덕, 공손백규와 같은 사이였다!"

"그래서?"

"뭐라?"

"그래서 뭐 어쩌라고. 형제지간도 죽이는 게 니들 족속이잖아. 안 그래?"

"나는 다르다!"

피식!

그 당당한 대답에 조휘의 입에서 웃음이 흘러나왔다. 저런 말을 듣고 안 웃는 게 이상한 일이다.

"다르긴 개뿔."

"그를 찾아간 건 그에게 위험을 얘기해 주려고 간 거였어!"

"지랄 마. 서신 빼놓고 왜 직접? 만약 진짜 그랬다고 하더라도 위협이 있었다면 분명 감시를 당했을 거야. 그런데 대놓고 찾아 갔다고? 구라를 칠 거면 생각 좀 하고 치자. 응?"

"진짜네! 그가 내 서신을 받고도 무시했어! 결국 난 직접 만나 서 말해주려 했네!"

"씨알도 안 먹힐 소리 그만하자. 나를 설득하려면… 죽을 때까 지, 정말 숨이 넘어가기 직전까지 그 태세를 유지해야 할 거야."

"진짜네! 그의 죽음은! 그의 죽음은… 백경의 죽음은 나도 애 통했어! 식음을 전폐하고 몇날 며칠을 울었네! 통곡했단 말일세! 그는 나이를 떠나 나와 친우였으니까!"

"아니, 아니겠지. 죽이라고 했으면 모를까."

"크윽! 진짜네. 정말이란 말일세."

"그럼 그는 왜 죽었지?"

"역모… 역모를 계획했네."

"역모라… 큭, 큭큭큭!"

역모란다.

근데 사실 그럴 줄 알았다.

"더 정확하게 얘기해 봐. 정확히 어떻게 연관이 됐고 무슨 역 할을 했는지. 아, 분명히 말하는데 죄명이 전역병들을 오홍련으 로 보냈느니 어쩌니 하진 말자. 인간적으로."

"그건……."

"먹고살 길 없어서 돈 잘 주고 왜놈들 퇴치해서 백성들을 구제하는 오흥련에 들어가는 게 역모일 수는 없잖아? 안 그래?"

"……."

조휘의 말에 이번에는 장운이 침묵하며 눈빛이 잠깐 흔들렸다. 하지만 조휘의 사람 살피는 기색은 날카롭다. 그리고 그 자신보다 더 날카로운 사람이 있었다. 고개를 장운에게서 떼고 은여령에게 보내는 조휘.

혼란스러운 은여령의 눈빛과 마주하고는 다시 장운을 바라봤다.

"더, 더 얘기해. 낱낱이 아는 걸 전부 토해내."

"그의 부친이 누군지는 알겠지?"

"물론."

"그분이 역모의 중심이시네. 오흥련의 이 제독… 과 같이."

"역모라… 이딴 세상, 뒤집혀야 정상이 아닌가."

"그 무슨 가당치 않은……!"

"옳지 못한 것을 올바르게 바로잡는 게 역모라 부르는 세상이야. 장운, 말이 안 되는 게 있어. 같은 스승 아래서 배우며 몇 십이나 차이 나는 나이를 뛰어넘어 친우가 되었는데… 왜, 왜지? 왜 넌 그게 가당치 않다고 생각하지?"

"명은… 천자가 이끌어야 한다. 그건 변하지 않아! 바로잡아도 그분께서 바로잡아야 하는 거네!"

"큭, 어이가 없네."

조휘는 일어났다.

그리고 장운의 너머를 바라봤다.

"조현승."

"네, 대주."

"한명 선생 아나?"

"물론입니다."

흠칫!

그 순간 장운이 떠는 모습을 분명히 봤다. 조휘의 입가에 회심의 미소가 걸렸다. 제대로 걸렸다. 미끼를 문 물고기처럼. 아주 월척이다. 잘 버텼다만 여기까지였다.

"조현… 승?"

"몰랐나? 우리 군사인데……."

"……."

"그 정보는 아직 안 풀렸나 봐? 하긴, 우리 공작대에 있다는 건 극비로 다루긴 했지. 그리고 대외적으로는 훈련교관으로 있다고 살살 풀었고. 그런데 어쩌나. 그는 우리 군사인데."

"……."

장운은 다시 입을 닫았다.

조현승.

모를 리가 없을 거다.

그도 이름 있는 선생의 문하에 있었다. 원룡의 사형이기도 했고.

"조현승."

"네, 대주."

"한명 선생은 어떤 사람이지?"

"저 같은 말이 나오게끔 가르치실 분은 절대 아닙니다."

"그런가? 확실해?"

"네. 제 스승님과도 교류가 있었으니까요. 확실하게 알고 있습니다. 제 스승님이 오히려 저렇게 가르치셨죠. 제 스승님 밑에서 나온 룡이가 특이한 겁니다."

조현승의 말에 조휘는 다시 장운을 바라봤다.

"그렇다는데?"

"……."

놈은 다시 입을 닫았다.

조휘는 웃었다.

아주 시리게.

"이미 걸린 마당에 무슨… 장산, 위지룡."

"네, 대주님."

"넵!"

퍽!

발등으로 명치를 툭 찔러버린 뒤 이번엔 제대로 마(魔)가 쓰인 얼굴로 입을 열었다.

"알아내. 일주일 준다."

"네……."

"맡겨… 주십시오. 으흐흐!"

그리고 명을 받은 장산과 위지룡의 얼굴도 조휘와 별반 다를 게 없었다.

*   *   *

"어이구, 아주 떡을 만들어놨네."

이화매가 질질 끌려오는 장운을 보고 피식 웃으며 별일도 아닌 것처럼 말했다. 조휘는 힐끔 장운을 돌아봤다. 주산군도까지 오는 동안 모진 고문이 이어졌다. 근데도 장운은 입을 열지 않았다.

"내가 대신 해줄까?"

"아닙니다. 직접 하겠습니다."

이화매의 말에 조휘는 고개를 저었다. 장운 이놈만큼은 직접 해결하고 싶었다. 그러자 이화매가 그럴 줄 알았다는 듯 웃음 짓더니 어깨를 툭툭 쳤다.

"그렇게 해. 그것보다 고생 좀 했다며?"

"후, 안 그래도 드릴 말씀이 있습니다."

"그래, 나도 할 말 있어. 올라가지."

"네."

조휘는 장산과 위지룡에게 장운을 숙소로 끌고 가라고 해놓고 조현승과 오현, 은여령을 대동하고 이화매의 집무실로 올라갔다. 이화는 치료 때문에 바로 약당으로 향했다. 집무실에 들

재정비 181

이선 이화매는 바로 탁자에 앉았다. 여전히 집무를 보는 탁자 위에는 죽간이나 양피지, 서류로 아주 산을 이루고 있지만 당장 중요한 건 저게 아니었다.

"일단 원룡한테 보고는 받았어. 쾌속선이 따라잡혔다고?"

붉은 입술이 열리며 나온 말은 곧바로 본론이었다. 그 본론에 조휘는 고개를 끄덕였다. 현 시점에서 가장 큰 문제였다.

"네, 선수포까지 달았는데 따라잡혔습니다."

"그것도 들었지. 배의 크기는?"

"대략 이십에서 삼십은 탈 수 있을 크기였습니다."

"이십에서 삼십이라… 공작대의 쾌속선보다 반 정도 작군."

"하지만 포까지 달고 쾌속선을 따라잡았습니다. 포를 달았으니 선미가 뜰 거고, 반대로 뒤에 무게중심을 더했을 겁니다. 배가 작다고 해서 결코 가볍지는 않았을 겁니다."

"그렇지. 포 무게만 해도 장난 아닐 테니."

"결국……."

조휘가 살짝 말을 흐렸다.

그러자 이화매의 입가에 그녀답지 않은 쓸쓸한 미소가 걸렸다.

"그래, 오홍련의 기술력을 뛰어넘었다는 거야."

"……."

하지만 다시 그녀의 눈은 웃기 시작했다.

"그래도 걱정은 말라고. 공작대 배는 다시 준비했으니까. 아마 만족할 거야. 약속하지. 세상에서 가장 빠르다고."

"그렇습니까?"

"그래. 그전에 타고 다니던 건 원래 내가 타고 다녔던 거야. 건조 시기도 꽤 오래됐지. 슬슬 잡힐 때가 되긴 했어. 그래서 다시 새로운 놈을 건조 중이었고, 깜짝 선물로 주려고 했는데 이런 일이 일어났네. 시기가 더럽게 꼬였어."

"……"

조휘는 고개를 주억거렸다.

이화매는 공작대에 대한 투자를 조금도 아끼지 않았다. 개발부에서 나오는 물품은 공작대원들이 주산군도에 있을 때 직접 실험한다. 게다가 완성품이 나와도 각각 팔, 다리 길이에 맞춰 개조까지 전부 해준다. 특히 홍뢰 같은 무기와 작전복은 대원의 팔 길이에 맞춰 개조가 필수였다.

"참, 놈들은 찾았습니까?"

"놈들? 아아, 애들 끌려간 장소?"

"네."

"찾고 있어. 아주 꽁꽁 숨었는지… 잘 안 보이는데 며칠 전 꼬리를 잡았다니까 늦어도 보름 내로 찾을 수 있지 않을까 싶어."

"……"

비선, 그리고 오홍련 정보력을 믿는다.

조휘가 성인군자도 아니고 협객도 아니지만, 어린애들을 납치해서 뿔 난 무사들을 만드는 짓을 그냥 두고 볼 생각은 아주 개미 눈곱만큼도 없었다.

*   *   *

"끄으으으읍!"

숙소로 돌아오자 창고에서 억눌린 비명 소리가 들렸다. 누구의 비명인지는 말 안 해도 뻔했다.

창고 문을 여니 비릿한 피 내음이 훅 코로 스며들어 왔다. 누구의 피 냄새인지도 뻔했다.

"크으으……."

현재 장운의 상태를 표현하자면 만신창이라는 단어가 가장 어울렸다. 아니면 넝마라던가. 그만큼 장산과 위지룡이 아주 철저하게 다져놨다. 예전에 조휘가 하던 것처럼 다지고 치료해 주고, 또 다지고 또 치료해 주고, 절대로 죽지 못하게 만들어놓았다. 혀를 깨문다고? 장산과 위지룡이 그런 초보도 아니고, 입이야 당연히 막아놓고 작업한다.

조휘는 다시 의자를 끌어다 놈의 앞에 앉았다.

"장운?"

"크흐, 크흐흑……!"

조휘가 불렀는데도 신음인지 울음인지 모를 소리를 내면서 고개도 못 드는 장운. 이놈은 끈질겼다. 진짜 제대로 끈질겼다. 이영은 상대도 안 되는 독심을 가지고 있었다. 지금처럼 신음은 흘려도 절대 눈빛만큼은 죽지 않았다. 게다가 연기까지 아주 제대로인 놈이었다.

"인정할게. 너 진짜 대단하다. 이렇게 버티는 건 진짜 처음 봤거든."

"흐으, 흐으으……."

입을 막고 있는 천은 이미 축축하게 젖어서 침이 밖으로 뚝뚝 떨어졌다. 하지만 조휘는 그 천을 빼줄 생각이 없었다. 다만 하고 싶은 말만 할 뿐이다.

"근데 날 잘 봐. 니가 더 대단해 보이냐, 아니면 내가 더 대단해 보이냐? 내가 이래봬도… 독기 하나는 자신 있거든?"

"크흐!"

"걱정 마. 오래 버텨주면 나야 좋으니까. 쟤들도 좋아할 거야. 우리 셋, 연백호에게 목숨을 빚을 거라게 져서 그분의 영정 앞에 헛바닥을 자른 니 대가리를 한시라도 빨리 올려놓고 싶은데도 이렇게 참고 있는 거야. 꼭 진실을 밝혀야 하니까."

"…크흡!"

"왜? 그래야 니 저승길에 동료 하나 더 넣어줄 거 아냐. 이건 고마운 일 아닌가? 고마워해야지, 새꺄. 안 그래? 혼자 다 뒤집어쓰고 갈 순 없잖아? 그리고 실제로 니가 진짜 대가리도 아닌데."

"흐읍, 흐읍."

아직도 당당한 눈빛으로, 나 억울하다고 써넣은 눈빛으로 조휘를 바라보는 장운은 진짜 징한 놈이었다. 그래도 상관은 없었다. 어차피 시간은 많으니까.

"그래, 계속 그래줘라."

조휘는 의자에서 일어나 신형을 돌렸다. 피가 흥건히 묻은 장산과 위지룡이 날카롭고 잔인한 웃음을 흘리며 서 있다. 누가 봐도 전형적인 악당의 모습이지만 그 누구도 뭐라 하는 사람은 없었다.

"수고해."

"네."

"호호."

둘의 대답을 들은 조휘는 바로 창고를 나와 자신의 숙소로 들어갔다. 숙소로 들어오자 긴장이 쭉 풀렸다. 사실 주산군도로 오면서도 조휘는 한참이나 긴장한 상태였다. 우광의 작전. 솔직히 말해 대단했다.

조현승을 거둬 온 이후 지금까지 장운을 노릴 시기를 끈덕지게 기다린 것만 봐도 대단했다. 그런 끈기에 졌다.

"반성해야겠네, 이거."

피식.

그동안 작전이 너무 편했나? 쉬웠나?

요 근래 뛴 작전은 전부 반쪽짜리 성공만 가졌다. 조선작전 마지막부터 시작해 화운겸, 모리휘원, 그리고 이번 우광까지 전부 다 반쪽의 성공이었고, 모리휘원한테는 아예 졌다.

"괜찮아요."

따라 들어온 은여령의 한마디가 사르륵 가슴속으로 녹아들어왔다. 그에 또 픽 웃어버린 조휘다. 이제는 저 말조차 위안이 된다. 분명 좋지 않은 인연으로 만났지만 이제는 엄연한 동료이다.

그것도 속마음까지 터놓을 수 있는 동료. 그만큼 은여령은 중요한 존재가 됐다.

"그동안 너무 안일했던 것 같아. 아니면 그 새끼가 문제던가. 그때 이후 제대로 되는 게 없어."

"너무 자책 말아요. 당신 탓이 아니니까. 상대가 준비를 철저히 했을 뿐이에요."

"그걸 파훼해야 하는 게 나야. 내가 실수하면 오십이 죽어. 이번에도 봐. 놈이 가진 진천뢰, 마지막에 던졌던 세침 폭탄, 그 어떤 것도 제대로 대응하지 못했어. 반면에 원 제독은 다 알고 있었지. 정보가 뒤바뀌는 걸 현장에서 알기가 너무 어려워."

"그건……."

이번에는 은여령도 대답하지 못했다.

확실히 원룡이 아는 걸 조휘는 알지 못했다. 그래서 그런 어정쩡한 반응밖에 할 수 없었던 거다. 반대로 원룡은 알고 있었으니 꽉꽉 밀어붙였고. 이게 주는 차이는 정말 엄청났다. 만약 조휘도 알고 있었으면?

우광의 목을 뚫어버렸을 거다.

진천뢰, 그것 때문에 못했으니까.

"실시간으로 정보를 받을 수 있어야 돼. 방법이 없을까?"

이번 질문의 대상은 조현승이다.

"좀 생각을 해봐야겠습니다. 하지만… 아무리 그래도 실시간 까지는 힘들 겁니다. 계속해서 받을 수는 있겠지만요. 현장에서 뛰는 한 이 부분은 어쩔 수 없습니다."

"그렇겠지. 그래서 방법을 좀 찾아보라는 거야."

"네, 생각해 보겠습니다."

이런 쪽으로는 조현승이 훨씬 낫다. 그가 만약 못 찾는다면 아마 공작대 전체가 머리를 모아도 찾기 힘들 것이다.

"오늘은 좀 쉬자. 아직 여유 있으니 너무 무리는 하지 말자고."

"네."

비슷하게 나온 대답 이후 조현승은 나갔다. 한숨을 쉬고 조휘도 밖으로 나갔다. 절벽 위에 있는 공작대의 숙소. 건물 뒤로 가면 오홍련 본부가 한눈에 보이는 절경을 구경할 수 있다.

휘이이잉!

시원하지만 어딘가 찝찝한 해풍이 사정없이 불어와 조휘를 때렸다. 그런 조휘의 옆에 당연히 은여령이 가만히 와서 섰다. 실과 바늘이랄까, 언제나 은여령은 조휘의 옆에 섰다. 뒷간과 씻을 때만 빼면 항상 근처에서 대기했다.

"왜, 쉬지 않고."

"좀 있다가 쉬면 돼요."

"피곤하지 않아?"

"조금요. 하지만 지금은 그냥……."

말을 끝맺진 않았지만 딱 봐도 무슨 말을 하고 싶은 건지 알

수 있을 것 같았다. 이제는 그만큼 감정적으로 교류가 되고 있었다. 이는 조휘도 어느 정도는 은여령의 마음을 받아들였다는 뜻이기도 했다.

"가서 쉬어. 혼자 생각할 것도 있으니까."

"……."

은여령은 조휘의 말에 쭈뼛거렸다.

그녀의 임무는 분명히 있었다. 조휘의 호위.

"걱정 마. 여긴 오홍련의 본거지야. 설마 자객이 온다면 이곳까지 기어들어 와서 나를 노리겠어? 노려도 총제독을 노리겠지."

"네, 쉴게요. 당신도… 무리하지 말고 쉬어요."

"그래."

이번엔 그래도 고집을 부리지 않았다. 오홍련의 본거지가 주는 안전감이 그녀의 선택을 도왔다. 은여령이 멀어지고, 조휘는 다시 언덕 아래를 바라봤다. 환하게 불이 켜진 이곳은 하나의 거대한 성과 같았다.

오홍련은 사적인 집단이다.

그 사적인 이유가 너무나 정의로워 그렇지 분명 지금도 사설 함대라는 점은 변함이 없었다. 그런데 웃기게도 그런 사설 함대가 백성을 지켜야 하는 황실과 척을 졌고, 전쟁 초기 상황까지 이어져 왔다.

'내가 이런 자리에 서 있어도 되는 걸까?'

이런 생각을 하는 근본적인 이유였다.

요즘 들어 솔직히 말하자면 좀 자신이 없어졌다.

몇 번이나 이어진 작전의 실패, 혹은 반쪽짜리 성공들이 그 이유다.

이 정도에 의기소침해하는 조휘는 아니지만 사실 거대한 벽을 만난 느낌이 들었다.

우광도 그렇고 화운겸도 그렇고, 둘을 합친 것보다 훨씬 위험한 모리휘원도 그랬다. 하지만 이 셋은 벽까지는 아니었다.

진짜 벽은…….

'적무영…….'

철천지원수.

한 하늘을 이고는 절대로 살 수 없는 놈.

조휘를 마도로 만들어놓은 놈이다.

물론 적무영을 지금의 적무영으로 만들어놓는 데 조휘도 한 몫 거들었다. 문제는 서로가 서로를 지금의 존재로 만들었다는 점이다.

그러니 절대로 같은 하늘 아래서는 살 수 없는 거다.

예전에는 무조건 넘어서겠다. 그래서 그 목을 자르고 사지를 갈가리 찢어버리겠다고 다짐하고 또 다짐했다. 하지만 요즘 들어선 그 다짐이 희미해지고 있었다.

일단 현실을 봐서였다.

'모리휘원도 넘지 못해서야… 적무영을 어떻게 잡겠어.'

조휘가 보기엔 적무영이 모리휘원보다는 훨씬 위다. 흑각에도 계급이 있다. 뿔 하나와 뿔 두 개의 차이는 가히 어마어마하다.

'더 강해져야 돼. 못해도 은여령 정도는 되어야… 상대할 수 있어.'

특별한 감각이 있는 건 맞다.

세계가 느려지는 것 같은 느낌이 찾아올 때는 극한의 위기 상황이 찾아올 때다. 그걸로 인해 지금까지 살아남았지만 만약 그게 진짜 극한의 상황에서 찾아오지 않는다면? 꿱 소리도 못 내고 목을 내어줘야 할 것이다.

조휘는 그게 싫었다.

우광이 했던 포격, 세침 기습 등을 거치면서 느낀 점이다. 만약 느끼지 못했으면? 아마 생사를 장담할 수는 없었을 것이다.

요행인지, 아니면 그게 자신의 능력인지 확인할 길도 없었다.

'단순히 위기에만 나타나는 그런 능력이라면… 너무 위험해.'

이게 문제였다.

만약 그게 발현되지 않은 상황에서의 위기. 이건 대체 어떻게 대처하나? 게다가 그것만 믿고 의지하게 될 자신의 모습도 문제였다.

사람이란 으레 그렇듯 그런 상황이 몇 번이나 되풀이되면 나중에도 그러겠지 하며 안도하게 된다.

'조심해야 돼……'

그래서 조휘는 날을 다시 세워야겠다고 생각했다. 지금의 모습도 나쁘지는 않지만 역시 아니다는 생각이 들었다. 적무영을 만나면서 다짐한 게 있다.

악은 악으로.

자신도 철저한 악인이 되겠다는 다짐이다.

세상을 구하고 싶은 거창한 영웅심이 있는 건 아니다. 나 하나 희생해 만백성을 이롭게 하고 싶은 성인군자의 마음은 더더욱 아니다.

그저 적무영을 잡기 위해서는 온전한 방법으로는 안 되고 생각나는 건 이것밖에 없어 내린 결론이다.

"후우……."

돌아가자.

깊은 한숨과 함께 다시금 조휘는 예전으로 돌아가는 걸로 결정을 내렸다.

내일부터의 조휘는 다시금 사람이 아닌, 피비린내 물씬 나는 마도로 돌아가 있을 것이다.

*   *   *

"서희야."

"네."

"이리 오련."

"……."

서희는 말없이 옷을 벗었다.

연일 죽음의 공포에 떨던 그녀는 적무영의 곁에서 가장 오래 살아남은 시비 중 하나였다.

아니, 단 한 명의 시비였다.

어째서인지 적무영은 서희에게 손을 대지 않았다. 그녀를 옆에 두고 무수히 많은 목을 쳐 날리는 적무영이지만 그녀에게만큼은 손을 대지 않았다. 현 자금성에 사는 모두가 그게 의문이었다.

잔악함의 극치라 설명할 수 있는 적무영이다. 황제조차 꼭두각시처럼 제멋대로 조종하는 게 바로 적무영이다.

그 누구도 그에게 대적할 수 없었다.

양명에 의해 벌어진 수십 번의 암살도 모두 실패로 막을 내렸다.

그냥 실패도 아니었다. 단 한 번도 적무영에게 상해를 입힌 적이 없었다.

암살, 독살, 수백의 총병으로 포위도 해보고 미인계에 정말 안 해본 게 없지만 결과는 모조리 실패였다.

그것도 대 실패.

그리고 그 실패의 대가는 주모자를 뺀 실행자 전부의 죽음으로 결정되었다. 단 한 사람도 살아남지 못했다.

그렇게 잔인한 그가 이상하게도 서희에게만큼은 손을 쓰지 않았다. 다만, 이제는 몸을 탐하기 시작했다.

처녀지신이 찢어진 날, 서희는 극한의 공포 속에서 정신이 마비되어 가는 걸 느꼈다.

적무영이 무서워지지 않았다. 어차피 언제고 자신도 죽일 거란 생각과 자금성에 들어오면서 언젠가는 벌어질 일이 적무영의 손에서 이루어지고 나니 이제는 거의 자포자기의 심정이 되었다. 그는 무서웠다.

세상의 가장 거대한 악의가 자신을 올라타고 움직이는 건 겪어본 적이 없는 사람은 죽었다 깨어나도 이해하지 못할 거라 서희는 생각했다.

그래서 그녀는 이렇게 생각했다.

죽는 것도 나쁘지 않겠다고.

그러나 적무영은 서희에게 손을 쓰지 않았다.

웃기게도 이유도 말해주지 않았고.

하지만 아무래도 상관없었다.

언제고 죽이겠다면 죽으면 될 일이다.

그러나 이는 변수, 요상한 변수 하나가 아무도 모르게 태동(胎動)하고 있었다.

제75장
서장으로

조휘가 주산군도에 도착하고 이 주째, 드디어 장운이 입을 열었다. 그동안 장운에게 가해진 고문은 정말 상상을 초월할 정도로 잔혹했다. 장산이야 우악스러운 성격 탓에 무섭기만 하지만 위지룡은 달랐다.

그는 서적까지 팠다.

그 옛날, 죄지은 이들에게 가해지던 지독한 고문들을 직접 배워 장운에게 모조리 써먹었다. 하루에 하나씩. 그 고문들은 정말 입에 담지 못할 것들이 너무 많았다. 장운은 이 주, 딱 이 주만에 무너졌다.

'살려주세요. 다 말할게요' 하면서 싹싹 빌었고, 그 결과 모조리 뱉어냈다. 아는 건 모두, 빨리 죽기 위해서 거짓말까지 해가며 빌었다.

"동창태감 양명."

조휘의 입에서 연백호를 죽이라 지시한 자의 이름이 흘러나왔다. 그 이름에 앞에 앉아 있던 이화매의 입가에 비릿한 미소가 걸렸다.

"골 때리네. 내 알기로 연백호의 부친인 연오경과 양명은 둘도 없는 친우 사이이건만……."

"……."

조휘가 시선을 이화매에게 던졌더니 그녀는 바로 답을 내줬다.

"둘이 동문수학한 사이란 소리지. 원룡과 저기 조현승처럼."

"후, 친우의 아들을 죽이라 했다. 왜……?"

조휘는 이해가 가질 않았다.

대체 왜?

하지만 사실 이해를 못 한 게 아니라 하기 싫었다. 조휘 본인은 그래본 적이 한 번도 없기 때문이다.

그걸 아는지 이화매는 피식 웃고는 이번에도 답을 내줬다.

"가는 길이 매우 달랐겠지. 원룡과 조현승처럼. 다만 다른 점이 하나 있는 건 조현승은 중간에 깨닫고 빠져나왔다는 점이지. 조현승은 빠져나올 수 있는 위치에 있었고, 양명은 불가능한 자리에 있었지. 그는 동창태감이니까. 황제 바로 아래 권력자였으니 발을 빼기란 불가능했을 거야. 그러니 갈 때까지 간 거지."

"그래도 연백호를 죽인 이유가 친우에게 건네는 경고라는 건 아무리 생각해도 이해가 안 갑니다."

"그렇겠지. 하지만 난 이해가 가."

"네?"

"정치."

"……"

"그게 정치다. 중상모략, 암계가 판을 황실의 정치. 역대 황실 또한 다르지 않았어. 결코 이상한 일은 아니야. 아마 양명은 연오경이 나와 손잡기 직전인 걸 알았을 거야. 그러니 그만두라는 의미에서 연백호를 죽였겠지."

"……"

"하지만 그건 양명의 실수다. 연오경은 연백호가 죽고 제가 끝나자마자 손을 잡았어. 그는 충정이 깊은 사람이야. 대명에 대한. 하지만 연백호, 백경의 죽음이 그를 반대로 돌아서는 데 결정적인 역할을 했지."

정치.

더럽고 구역질이 나는 단어가 되었다.

황실 자금성은 그야말로 복마전이다. 적무영이 장악하기 전에도 그건 정도의 차이만 있었을 뿐이다.

그걸 생각하면 오홍련이 정말 대단한 거다.

여기는 정치가 없었다.

강력한 통솔력을 가진 이화매를 중심으로 각자 자신의 자리에서 만백성을 지키기 위해 최선을 다할 뿐이다.

'고인 물은 썩기 마련인데……'

그런 생각으로 이화매를 쳐다보자 그녀가 다시 피식 웃음을 흘렸다.

"왜, 황실과 오홍련을 비교하니 뭔가 오묘해?"

눈치도 굉장히 빨랐다.

정말 타고난 여자다.

"어쨌든, 이제 어쩔 건가? 연백호를 죽인 게 양명이니 죽이러 갈 건가? 복마전 안으로?"

"아직은 아닙니다."

"오호? 어쩐 일이야? 그렇게 바로 즉답을 내놓고? 무슨 심정의 변화가 있으셨나?"

비꼬는 것처럼 들릴 법도 하지만 이상하게도 그렇게 들리진 않았다. 그리고 지금 조휘의 말은 진심이었다.

복마전 자금성.

거길 뚫고 들어가 양명의 목을 치기에는 들어가는 과정에 제목이 먼저 떨어질 확률이 훨씬 높을 거라고 조휘는 생각했다. 연백호의 복수, 그건 잊지 않았다. 다만 아직 준비가 되질 않았고, 준비가 되는 순간 바로 쳐들어갈 것이다. 그건 스스로와 이미다짐을 끝낸 상태였다.

"부족함을 느낄 뿐입니다. 아직은……."

"오, 좋은데? 좋아. 그래, 그런 모습까지도 나는 기대했지. 후후."

"……."

"자신의 부족함을 아는 것, 그건 진일보에 반드시 필요한 재료거든. 부족함을 모르는 자가 감히 성장할 수 있을 리가 없지 않나. 확실히 요 근래 깨달은 게 있나보군."

"조금 있었습니다. 그런데… 오홍련도 필요할 것 같습니다만."

"우리? 아아, 그럼. 당연하지. 근데 걱정 마. 내가 만날 가루가 되도록 까고 있으니까. 지금은 황실이 잠시 우리를 앞질렀지만… 얼마 안 걸릴 거야, 다시 뒤집히는 데 걸리는 시간은. 그건 믿어도 좋아."

"알겠습니다."

"백경의 일을 뒤로 미룬다면 딱 할 만한 일이 있지. 마도 니가 원하기도 했고."

"……."

조휘는 입을 열어 답은 하지 않았지만 눈빛으로 답을 했다. 그리고 이번 임무도 뭔지 알 것 같았다. 전에 말한 그 건이다.

"근데 좀 머네?"

"어딥니까?"

"서장."

"……."

아따, 듣기만 해도 덥고 멀미가 나는 기분에 조휘는 순간 그냥 복마전으로 갈까 하는 고민을 진지하게 시작했다.

*　　　　*　　　　*

서장.

이곳을 표현하자면, 진짜 최악이라고 말하고 싶다.

광동, 광서, 귀주, 사천을 통해 서장으로 들어선 조휘와 공작대는 작전을 실행하기도 전에 지쳐 버렸다.

림지현에 도착한 조휘는 진짜 기절하듯 잠에 들었다가 무려 하루 가까이 자고 나서야 일어났다.

일어났을 때는 온몸이 뻐근하고 오한이 들었다. 고도가 높고 중원은 지금 한여름인데도 여긴 무슨 초겨울처럼 추웠다. 그러다 보니 몸이 제대로 적응을 못했다. 하지만 조휘는 림지에서 일주일 만에 적응을 마치고 따로 훈련과 휴식을 병행하며 안내원을 기다렸다.

두툼한 옷을 입고 객잔 구석에서 화주를 마시는 조휘. 그의 옆에는 조현승, 오현, 은여령이 있었다.

남은 공작대는 열만 남기고 전부 네 명의 조장이 열 명씩 이끌고 따로 훈련에 나갔다.

"안내원이 너무 늦는군."

술잔을 내려놓은 조휘가 나직하게 말했다. 불만스런 어조였다. 다시 날이 선 조휘지만 누구도 이상하게 생각하지 않았다.

원래의 모습이고, 그 모습도 나쁘지 않았기 때문이다.

"저희가 너무 빨리 왔습니다. 예정보다 삼 주나 일찍 왔으니 꽤 기다려야 할 겁니다. 그리고 알기로 이쪽에는 오홍련의 세력도 제대로 뿌리 내리지 못한 상태라 저희가 온 것도 아직 눈치채지 못했을 겁니다."

"하긴, 바다 사나이들이 이런 곳에서 생활하려면 정말……."

죽을 맛일 거다.

서장은 정말 거친 뱃사람에게는 지옥과도 같은 땅이 분명했다.

"하지만 풍경은 정말… 무릉도원이 존재한다면 이런 곳이 아닐까 싶어요."

"허헛, 그건 나도 인정하네. 이 나이쯤 되면 자연 경관을 보며 넋을 놓는 경우도 있는데, 내 요 며칠간은 아주 제대로 넋이 나갔었지. 허헛."

은여령의 말을 오현이 받았다.

그리고 그 말은 조휘도 인정했다.

고도가 높아 숨 쉬는 것도 힘들다. 극한으로 단련된 공작대나 조휘도 처음에는 걱정했다. 고산병에 걸리는 게 아닐까 하고 말이다. 하지만 다행히 누구도 고산병엔 걸리지 않았다. 하지만 높은 만큼, 문명과 동떨어진 만큼 자연환경 하나는 정말 끝내줬다. 정말 빨려들어 가서 현혹되는 게 아닐까 싶을 정도였다.

"꼼짝없이 기다리는 수밖에 없겠군."

조휘가 다시 현실로 주제를 되돌렸다.

오현이 멋쩍은 듯 웃었고, 은여령도 가만히 고개를 숙였다. 대답은 역시 조현승에게서 나왔다.

"약속 장소가 이곳이니 어쩔 수 없습니다."

"차라리 잘됐어. 최대한 여기서 몸을 만드는 것도 나쁘지 않아."

기다리는 것밖에 할 게 없다면 최대한 이 척박하며 아름다운 곳에 적응하는 수밖에 없었다. 고원지대에 위치한 림지이고, 작전을 펼칠 곳도 마찬가지로 림지처럼 고지대에 있다. 작전 장소는 랍살이다.

정확하게 말하면 랍살의 밀교성지 포달랍궁(布達拉宮)이다.

그곳에 수없이 많은 아이들이 갇혀 '제조' 당하고 있었다. 조휘나 공작대도 그런 곳에서 작전을 하는 건 처음이다.

"몸들은?"

"저는 괜찮습니다."

"저도요."

"나야 워낙에 강철 같은 몸뚱이 아닌가. 허헛."

조휘의 질문에 여러 대답들이 날아왔다.

조현승도 일신상 수련은 언제나 하고 있고, 오현도 나이가 이제 지천명을 바라보지만 체력 하나만큼은 조휘와 비교해서 전혀 부족하지 않았다. 은여령은? 최고일 거다. 공작대를 통틀어.

하지만 그래도 더 준비를 단단히 하고 싶은 마음에 조휘는 다시 입을 열었다.

"최대한 끌어올려 봐. 이번에도 조선에서처럼 만만치 않은 작전이 될 것 같으니."

"알겠습니다. 그리 조치를 해놓겠습니다. 그리고 조선 전쟁에서 있던 작전은 전부 확인했습니다. 무모한 작전이 많았습니다, 대주."

"하지만 내 입장에서는 최선이었어."

"알고 있습니다. 하지만 제가 있는 앞으로는 대주 혼자 그런 위험을 맡게 하지는 않을 겁니다."

"걱정되나?"

"천하의 마도를 걱정하진 않습니다. 하지만 변수가 걱정됩니다. 대주는 중심입니다. 공작대의 중심. 대주에게 무슨 일이 생기면 공작대는 와르르 무너질 겁니다."

"나 하나 없어도 돌아가긴 할 거야. 처음에는 좀 삐그덕거릴지 몰라도."

"어쨌든 안 됩니다. 이번 작전은 제가 오면서 내내 생각한 게 있습니다. 포달랍궁의 지형을 살펴봐야겠지만, 가능하면 그걸로 진행했으면 좋겠습니다."

"내가 이해할 수만 있다면."

"만족하실 겁니다."

"기대하지."

조현승과 대화를 마친 조휘는 다시 잔에 화주를 부어 마셨다.

이곳에 온 이후로 조휘와 공작대는 술을 손에서 놓지 않았다. 추위를 이기기 위함이다. 물론 과하게는 절대로 안 마셨다. 원래 독한 화주는 금방 취해서 또다시 화주를 부르지만 이들은 공작대.

엄선하고 또 엄선한 최정예가 취기를 통제 못할 리는 없었다. 잔을 쭉 들이켠 후 조휘는 풍신과 쌍악을 챙겨 자리에서 일어났다.

"그럼 나는 몸 좀 풀고 오지."

"네, 수고하십시오."

조현승의 대답을 듣고 조휘는 바로 뒷문을 통해 밖으로 나갔다.

휘이이잉!

바람이 몰아치는데 제법 거센 정도가 아니라 변덕스러운 바다의 해풍과 비견해도 될 만했다. 게다가 차가운 한기가 가득 담겨있어 볼이 찢어지는 게 아닐까 싶었다. 그러나 이 정도에 꿈쩍할 조휘가 아니었다.

그르르릉.

기분 좋은 울음을 내며 풍신이 뽑혀 나왔다.

"비무 한번 어때요?"

은여령의 물음.

조휘는 바로 고개를 끄덕였다.

"좋지."

스르르릉.

조휘의 대답과 동시에 은여령의 검도 뽑혀 나왔다. 매일매일 손질하고 있는 검답게 매끈한 검신에 살벌한 예기가 흘렀다.

"가요."

몸도 안 풀었는데 기습적으로 검을 찔러들어 오는 은여령. 그러나 조휘는 이미 많이 견식해 본 공격이라 가볍게 상체를 회전시켰다. 검은 조휘를 스쳐 지나가다 급격히 멈추더니 반원을 그리며 조휘의 어깨를 노리고 들어왔다.

기쾌한 움직임.

손목의 힘과 강호에서는 보법이라 불리는 공부의 절묘한 변화가 섞인 검격이었다.

깡!

그 공격을 풍신을 들어 올리며 막은 조휘는 그대로 힘으로 밀고 들어오는 은여령의 공격에 세 걸음을 물러났다. 완력은 분명 조휘가 위나 내공이 섞이면 장산도 상대가 안 된다. 그러니 빗겨 내며 그대로 회전, 이후 멈췄다가 그대로 상체에 탄성을 줘 들이 박았다.

퍽!

투웅!

분명 어깨를 밀어 넣어 치긴 했지만 타격감이 전혀 없었다. 그 순간 뒤로 몸을 튕긴 거다. 대단한 여자다, 진짜.

처음 객잔에서 봤을 때는 못 느낀 것들이 이제는 알겠다. 아직도 자신과 그녀와의 벽은 높고 험난하다는 걸 요즘 들어 절실히 느끼는 조휘다.

슈악!

빛살처럼 들어오는 검.

획!

탄력적으로 움직여 그걸 피하는 조휘.

이렇게 서로 공격을 주고받는 두 사람의 모습은 해질녘 고원의 한 폭의 그림이 되어가고 있었다.

*   *   *

그로부터 딱 삼 주 후, 약속한 그날에 정확히 안내원이 찾아왔다. 오십 전후의 안내원은 들어서자마자 객잔에서 쉬고 있는 조휘를 발견하고는 바로 다가와 의자에 털썩 앉아 바로 자신을 소개했다.

"김문택이요."

"진조휩니다."

서로 통성명을 하고는 서로가 서로를 살폈다. 은여령도 그 옆에서 조용히 서서 날카로운 눈으로 김문택을 바라봤다.

"……."

마치 눈싸움 같은 탐색전이 이어졌다.

조휘는 빠르게 김문택을 파악했다.

'일반적인 안내원은 아니군. 절대로.'

김문택의 몸은 지나치게 탄탄했다. 조휘의 바로 뒤에 있는 오현과 비교해도 결코 부족하지 않을 정도로 탄탄했다. 게다가 무슨 안내원이 허리에 도를 차고 있나. 칼 손잡이가 해지고 또 해져 실밥이 풀릴 정도로 사용한 흔적이 역력하다 못해 넘쳤다.

게다가 두 눈에는 정광(正光)이 가득하다.

'적어도 오현, 잘하면 내 이상.'

수준을 잡자면 그 정도다.

히죽.

조휘가 수준을 가늠한 순간, 김문택은 입꼬리를 말아 올려 웃더니 손을 척 내밀었다.

"반갑수다."

"……"

잠시 그 손을 빤히 보던 조휘는 천천히 손을 뻗어 잡았다. 그러나 예상하던 행동은 나오지 않았다.

"일단 먼저 고맙다고 말해야겠수."

"무슨 말인지 모르겠습니다만."

"이름에서 알았겠지만 난 조선인이요. 조선 전쟁에서 마도가 해준 일은 내 아주 잘 아오. 특히 가등청정! 그 개아새끼의 목을 쳐준 건 정말 고맙게 생각하고 있수. 하핫!"

시원 털털한 웃음이다.

조휘는 그냥 고개를 끄덕였다.

"이화는 어디 갔수?"

"이화?"

"잘 아는 아이요. 어딜 때부터 봤으니까… 어디 보자, 몇 년 전에 봤더라? 그놈아가 아장아장 걸을 때 본 것 같은데."

고개를 갸웃거리는 조휘다.

조휘가 알기로 이화는 태극도문의 제자다. 그럼 이 사람도 하는 의문이 들어 바라보니 김문택은 씩 웃더니 고개를 저었다.

"난 화령이요. 성택 사형 밑에 네 번째 제자요."

"아아……."

오랜만에 듣는 이름이다.

대호(大虎) 이성택.

조휘조차 깜빡 속여 넘긴 철혈의 무인. 속에 불길을 붉은 거대한 호랑이. 천하의 이화매와 동급으로 비교할 수 있을 정도의 영웅.

그의 제자란 말에 조휘는 저도 모르게 반가움과 안도감이 동시에 들었다.

"이화는 지금 적응 훈련하러 갔습니다."

"하핫! 천지에서 수련한 이화가 적응 수련을? 허긴, 여가 좀 높긴 하지. 하하핫!"

크게 웃은 그는 '여기 화주 하나!' 하고 소리치곤 조휘의 등 뒤에 선 세 사람을 자세히 살펴봤다.

"어디 보자, 요분이 철권이시겠고, 요분은 군사 조현승, 요 아가씨가… 그래, 은성검이군."

씩.

은여령을 거론하고는 씩 웃는데, 그 미소에는 이전과는 다른 감정이 매달려 있었다. 누가 봐도 호승심이다.

"백검에서 사사한 은여령이에요."

"하핫! 대단하시구랴. 그 나이에 그 경지라……. 화령에서 배운 이 몸도 오 년 전에야 겨우 형성했건만. 하하핫!"

"과찬이에요."

"한바탕 하고 싶은 마음은 굴뚝같은데 지금은 때가 당연히 아니니 피하고, 언제 한번 이놈 칼춤에 어울려 주겠소?"

"당연히요."

"하하핫!"

그의 웃음 뒤 장족(壯族)으로 보이는 소녀가 화주 한 병과 자기 잔 하나를 놓고 총총걸음으로 멀어져 갔다. 잔에 가득 따라 시원하게 들이켠 김문택은 그대로 병 주둥이를 잡아 조휘의 잔에 가득 따라줬다.

"한잔합시다."

"……."

쭉 들어 올린 잔에 퉁 부딪치고 다시 시원하게 입에 털어 넣는 김문택이다. 조휘도 가볍게 꺾어 털어 넣었다. 지금까지 느낀 점을 보자면 굉장할 정도로 시원시원한 사람이다. 대호의 사제.

"정보는 받으셨지?"

"네. 포달랍궁은 미끼라는 정보를 말하는 거라면."

히죽.

씩 웃은 김문택이 이번엔 또 비릿한 미소를 걸었다.

"썩을 새끼들이 낚시를 하고 있수. 옛날부터 이미 텅텅 빈 포달랍궁에 갑자기 병력이 들락날락거리더니 아주 제대로 미끼를 펼쳐놨수. 안에 실제로 애들은 있수. 근데 그건 왜놈들 애들이고 진짜 명나라 애들은 거기서 한참 떨어진 곳에 가둬놨드만."

"확인한 정봅니까?"

"물론이오. 내 직접 들어가 확인했수."

누런 이를 씩 드러내며 웃는 김문택의 얼굴에 자신만만함이 가득하다. 순간 조휘는 '그 큰 몸으로 잠입을?' 하고 생각했다. 실제로 김문택의 떡대는 대단했다. 어깨가 조휘보다 하나는 더 있는 것처럼 보였다.

어떤 장소인지는 모르겠지만 대충 예상은 할 수 있다. 아마도 동굴이나 굉장히 은밀한 지형 속에 숨어 있을 것이다. 그런 곳을 몰래 들어갔다 나왔다니 이해 불가하다. 하지만 어쩌겠나, 자기가 봤다는데.

의심을 하려 마음먹으면 할 수 있지만 그는 이성택의 사제다. 실제로 좀 전에 얘기할 때 잠시 기세가 흘러나왔는데 이성택의 기세와 매우 흡사했다. 불을 품은 호랑이 같은 기세. 그러니 의심은 들지 않았다.

"여기서 며칠이나 걸립니까?"

이건 조현승의 질문이다.

"일주일이요."

"적 병력은 얼마나 됩니까?"

"소수 정예 삼백."

"정예라면……."

"금의위 천호(千戶) 아래 백호(百戶) 다섯, 나머지는 전부 총기로 보이오."

"더 없습니까?"

"더 있는 것 같긴 했소. 기척을 느꼈으니까. 근데 육안으로 파악한 건 그 정도가 전부요. 비선도 그렇게 판단 내렸고. 하지만 더 있긴 할 거요."

"그럼 있다는 걸로 결정지어야겠군요. 혹시 혼자 오셨습니까?"

"설마. 내 동료들이 이미 사방에 흩어져서 대기 중이오. 명령만 내리면 일주일 안에 그리로 다 모일 거요."

"얼마나 됩니까?"

"오백. 화령단이라 하오. 아, 죄다 낭인 출신이라 거친 놈들이 많소만 내가 잘 다져놨고, 나름 오홍련에서 엄선해서 추천한 놈들만 뽑은지라 너무 걱정은 마시오. 그냥 입만 걸구나 하고 생각하면 될 거요."

"그렇습니까."

묻지도 않을 걸 아주 상세하게도 설명해 준다.

그 대화를 듣던 조휘는 이번엔 의심을 시작했다.

'진짜에 병력이 일단 삼백이라… 금의위 백호라면 능력이야 좋겠지. 우광 그놈과 비슷하거나 조금 떨어지는 정도일 테니까.'

근데 그게 이해가 안 갔다.

그 정도 병력이면 공작대가 작전만 잘 세우면 전멸시킬 수 있다. 총기라고 해봐야 공작대에 비하면 겨우 발목 정도 따라오는 능력일 테니까.

"포달랍궁에는 병력이 얼마나 있습니까?"

이번에도 조현승의 질문이다.

"거긴 많소. 아예 군이 하나 주둔 중이니까."

"수가?"

"일만으로 추정되오."

"일만이나… 음."

조현승도 생각에 잠기기 시작했다.

의심은 조휘 혼자 하나 하고 있는 게 아니었다. 이제야 조휘가 입을 열었다.

"이상하지?"

"네."

"저도요."

"허헛, 동감하네."

김문택이 조휘의 질문에 답을 내놓는 셋을 보며 눈을 동그랗게 떴다. 조휘는 그 이유를 설명했다.

"일만이 방비가 더 튼튼하겠습니까, 아니면 아무리 정예라지만 삼백의 방비가 더 튼튼하겠습니까?"

"그야 당연히… 아니, 잠깐. 이 새끼들 봐라?"

김문택도 그제야 이해했나 보다.

다행히 이해력이 좋고 자신의 주장을 밀어붙이는 성격도 아니라 수긍이 꽤나 빨랐다. 잠시 생각 뒤 피식 웃은 김문택이 이를 드러내고 으르렁거렸다.

"이 쌍놈새끼들이 일부러 나한테 왜놈 애새끼들을 보여줬다?"

"아마 거기가 진짜일 겁니다. 누가 봐도 일만이 지키는 곳이 더 튼튼합니다. 이건 수준을 떠나서 일만이면… 물샐틈없이 막는 게 가능할 테니까요. 거기에 출중한 지휘관이 있다면 말 다 한 겁니다."

"그렇지. 와하핫! 이거 제대로 한 방 먹었는데."

김문택은 어이없어 나온 웃음을 참지 않고 터뜨린 후 눈알을 번들거렸다. 그 번들거림 속엔 누가 봐도 불길이 일렁이고 있었다.

"지하까진 안 내려갔수. 위층에서 애새끼들 비명이 들려오고 있었으니까. 그래서 꼭대기까진 아니고 삼분지 이는 올라갔지. 거기서 왜놈 애새끼들을 봤수. 그래서 난 그게 함정인지 알았지? 와핫!"

포달랍궁의 지하는 크기로 유명하다.

거미줄처럼 얽히고설킨 지하는 지도가 없으면 길을 잃기도 아주 쉬운 곳이다. 그런 곳을 포기할 수 있을까?

'나라도 포기 안 하지.'

피식.

어떤 새끼의 대가리 속에서 나온 건지는 모르겠지만, 나름 데굴데굴 잘 굴려서 생각했나 보다.

"근데 그것조차 함정일 확률도 있는 거죠?"

"그렇습니다."

은여령의 질문에 조현승이 대답했고, 조휘도 고개를 끄덕였다. 그 부분도 생각한 부분이다. 이번에도 결정을 내려야 했다.

"조현승."

"네."

"어디가 가능이 높아 보이지?"

"포달랍궁입니다."

"이유는?"

"병력과 지형입니다."

"그렇지?"

"네, 병력은 둘째 치더라도 포달랍궁은 예로부터 소뢰, 대뢰음사의 침입이 잦아 방어를 염두에 두고 증축에 또 증축을 감행한 곳입니다. 그곳은 그 자체로 요새나 다름없습니다. 아마 옥문관이나 산해관보다도 함락하기 어려울 겁니다."

"소뢰, 대뢰음사?"

"비슷한 계열의 종교 단체입니다. 포달랍궁은 공을 닦는 성향이 강하지만 앞의 두 곳은 좀 다릅니다. 자신들과 비슷한 포달랍궁이 존재하는 걸 굉장히 싫어했다고 합니다. 그래서 몇 번이나 원류(源流)를 주장하며 부딪쳤다고 사부님의 서적에서 본 적이 있습니다."

"……."

잠시 생각하던 조휘는 툭 다시 말을 뱉었다.

"완벽한 방어 요새를 버리고 다른 곳에 거점을 차릴 가능성이 대체 얼마나 될까? 아니, 있긴 할까?"

"음……."

"……."

조휘의 말은 가슴에 확 와 닿는 말이었다.

확실히 그렇다.

포달랍궁은 그 자체가 요새이고 지하에는 수도 없이 많은 굴이 있어 중원 최대의 미로(迷路)라 해도 과언이 아니다. 그런 곳을 굳이 왜 버릴까. 병력 일만을 주둔시키며 돈 지랄을 있는 대로 하면서까지 눈속임을 한다?

조휘는 그게 역속임이라 생각했다.

촉이 짜르르 오는데, 아무리 봐도 다른 곳은 생각이 안 났다. 하지만 마지막으로 한 번 더 물었다.

"포달랍궁 말고 다른 곳에서는 아이들을 얼마나 봤습니까?"

조휘의 질문에 김문택은 잠시 생각하다가 자신 없는 말투로

답했다.

"백? 그 정도?"

"제가 들은 바로는 납치된 아이들이 일만이 넘어갑니다."

"나도 그렇게 들었수. 그럼 진 대주 말은 일부러 거기에다 명나라 애들 백 정도를 가둬놓고 보여줬다?"

"저는 그렇게 생각합니다. 조현승, 네 생각은?"

"동의합니다. 이번엔 대주 생각이 맞는 것 같습니다."

조현승도 동의했다.

두 사람의 의견이 일치했다면 이게 맞는 거다.

"하지만 어떻게 거길 뚫겠수? 무려 일만이오."

여전히 문제는 산재하고 있었다.

포달랍궁은 요새이고, 거기에는 무려 일만의 수비군이 상주하고 있다. 지하로 들어가야 하는데 그들 전체를 죽이고 들어가는 것도 무리였다. 공작대와 김문택이 이끄는 화령대를 다 합쳐봐야 오백오십이다.

"더 불러들일 수는 없습니까?"

"전 지역에 돌려야 하는데 그렇게 하면 이놈들이 아무리 빨리 와도 시간이 걸리우."

"한 달, 한 달 안에 얼마나 모을 수 있겠습니까?"

"은밀히 들어와야 하니까 오홍련의 모든 역량을 이용해 끌어모은다는 가정 하에… 삼천 정도?"

"삼천……."

조휘는 나직이 그 수를 중얼거리며 조현승을 봤다. 군사는 조현승이다. 시선이 마주친 조현승은 웃고 있었다.

"충분하다 못해 넘칩니다."

"좋아."

잠시 숨을 들이켜는 조휘.

'한 달, 그 안에 아이들이 죽어나가겠지만… 어쩔 수 없어.'

방법이 없었다.

오백오십으로 일만을 때리는 것은 불가능이니까.

방법이 있어도 조선처럼 적지에 침투하고 싶은 마음은 없었다.

그러니 지금은 최대한 확실하게 가려는 마음가짐으로 기다리는 게 답이다.

"모아주십시오."

결정을 내리고 나온 답에 김문택이 씩 웃었다.

"알겠수."

벌떡 일어나 밖으로 나가는 김문택을 보며 조휘는 다시 조현승을 돌아봤다.

"최대한 피해가 없고 확실한 작전으로."

"알겠습니다."

"오 조장은 개구멍을 찾아봐. 분명히 있을 거야."

"알겠네."

마지막으로 은여령에게 시선을 주는 조휘.

"최대한… 거기서 더 올라갈 곳이 있을지 모르겠지만 가능한 실력을 더 올려놔. 아마 당신이 중요한 역할을 할 거야. 나랑 같이."

"네, 알겠어요."

그렇게 명령을 내린 조휘는 이제는 기다리는 일만 남았다고 생각했다. 물론 놀 생각은 없었다.

'나도 그동안 최대한 실력을 끌어올려야 해.'

독한 화주를 따라 다시 들이켜는 조휘의 눈빛에는 굳은 결심과 짙은 마(魔)가 동시에 일렁이고 있었다.

*　　　　*　　　　*

한 달, 이 한 달은 조휘에게 지옥이라 할 수 있었다.

김문택과의 대화 이후 조휘는 또다시 자신을 극한 수련 속으로 밀어 넣었다. 절벽을 맨손으로 기어오르는 미친 짓은 예사이고, 굴을 파고 몇날 며칠을 식수 조금으로 버티기도 하고, 공작대의 홍뢰를 감각으로만 피하는 짓까지 서슴없이 저질렀다.

이 주간 그렇게 했더니 조현승과 은여령이 와서 말릴 정도였다. 하지만 조휘의 눈빛은 어느새 지독한 독기로 번들거리고 있었다. 결국 두 사람 모두 조휘를 말리지 못했다. 번들거리는 눈빛이 마치 적을 대하듯 두 사람에게도 향했으니까. 조휘는 끈기, 감각을 위주로 수련했다.

마지막 이 주 중 일 주는 체력 위주로 수련했다. 폐가 터져 나가는 게 아닐까 싶을 정도로 달리고 또 달렸다.

고원지대라 산소가 부족해 조금만 뛰어도 몸이 물 먹은 솜처럼 무거워졌지만 조휘는 아랑곳하지 않았다.

실제로 거의 의식이 가물거릴 때까지 뛴 조휘다. 그것도 산만 골라서 뛰었다. 결과적으로 하체의 근육이 더욱 단단해졌다.

체력은 말할 것도 없었다.

그런 조휘에게 자극을 받은 공작대 전원이 같이 달렸다. 쉬지 않고 달려 한 번 올라갔다 내려오는 데 무려 두 시진은 걸리는 산을 하루에 두 번씩 타다 보니 어느새 체력적으로는 전혀 문제가 없을 정도로 성장했다.

남은 일 주, 조휘는 공작대 전체에 휴식령을 내렸다. 경계만 빼고 최대한 체력을 올려 몸 상태를 정상으로 만들어놓게끔 지시하고 자신도 같이 쉬었다. 하루에 세 번 굳은 몸을 풀어주는 가벼운 운동만 빼고는 절대로 무리하지 않았다.

정확하게 한 달 후, 김문택이 다시 찾아왔다.

*   *   *

림지에서 랍살까지는 평범하게 관도를 따라 걸으면 약 십 일 정도 걸린다. 물론 이건 일반인에 해당되는 얘기이고 공작대는 달랐다. 관도가 아닌 산, 숲을 뚫고 갔는데도 칠 일 만에 랍살에 들어섰다.

공작대 전원이 따로 찢어져 삼 일의 시간차를 두고 들어갔기에 걸릴 위험은 적었다. 조휘는 포달랍궁이 있는 홍산(紅山) 지척에 자리를 잡았다. 등잔 밑이 어둡다고 아예 경계가 심한 곳으로 직접 스며들어 갔다.

공작대도 삼삼오오 흩어져 근처 객잔으로 모였다.

며칠이 지난 뒤 늦은 밤, 조휘와 은여령, 조현승, 오현, 그리고 김문택과 처음 보는 삼 인이 은밀한 회동을 가졌다.

"이쪽부터 차례대로 조유, 악위, 맹승이오. 나처럼 오백의 낭인대를 이끌고 있수."

"반갑습니다. 진조휩니다."

조휘의 인사에 다들 서로 이름을 대며 가볍게 통성명을 했다. 조휘는 길게 끌 생각이 없었다. 지척으로 숨어들었기에 빨리 용건만 전달하고 끝내야 했다.

"대주가 네 분이면 이천입니까?"

"두 놈은 지금 따로 애들을 데리고 지형을 살피러 갔수. 늦게 도착해서 말이오."

"그렇군요."

이해했다.

조휘도 오자마자 가장 먼저 한 일이 주변 지형과 거리, 골목의 정보를 머릿속에 넣는 일이었다.

"걱정 마슈. 작전에 대한 얘기는 내 직접 전달하겠수."

"네, 알겠습니다."

이후 조휘는 조현승을 짧게 불렀다.

그러자 조현승이 바로 품에서 거대한 두루마리를 꺼내 펼쳤다. 미로처럼 얽히고설킨, 아니, 그냥 미로의 지도가 나왔다.

"음."

"아따……."

"……."

"곤란한데, 이거?"

네 사람에게서 바로 신음성이 나왔다. 조휘나 은여령, 오현은 이미 봤기 때문에 놀라지 않았을 뿐이다.

지도는 정말 거미줄 같았다. 수십, 수백 가닥의 미로가 그려져 있었다. 뚫어져라 지도를 살펴보는 네 사람 모두가 예상했겠지만, 이 지도는 포달랍궁 지하 미로의 지도였다.

"여기 이 거대한 공동에 애들이 있을 거라 판단하고 있습니다."

"여기 말이오?"

조현승의 말에 김문택이 지도 중간의 동그란 원형 그림을 찍으며 물었고, 조현승은 바로 고개를 끄덕이며 수긍했다.

"확인은 못했습니다만, 조용히 알아본 결과 일만 오천까지 수용 가능하다고 합니다. 그 공동을 중심으로 난 동굴에는 아마 애들 감옥이 있을 겁니다. 가장 밖으로 경비병들이 있을 테고."

"어떻게 하려는 거요?"

"일단 걸리는 것부터 말하자면 아이들이 너무 많습니다. 예상되는 수치는 일만 이, 삼천가량입니다. 이 아이들을 전부 인솔해 나오는 건 솔직히 불가능합니다."

"분산시키지 않고 한곳에 몰아넣은 건… 그걸 노린 거고?"

"그런 것 같습니다. 그냥 한곳에 두고 병력 쭉 깔아놓고 방비하겠다는 뜻입니다. 아예 군대가 쳐들어오지 않는 이상은 쉽게 건드리지 못할 테니까요."

"그럼 어떡하오? 이 지하 미로는 외부로 나가는 길이 없는 것 같소만."

"있다고 해도 문제입니다. 통로도 크지 않고, 놈들이 위에서 대놓고 지반을 무너뜨리면 잘못하면 다 깔려 죽을 겁니다."

"그래서 어쩌자는 말이오?"

"두 가지 중 하나를 선택해야 합니다. 아이들을 구출하는 데 중점을 두느냐, 아니면 적 병력을 전멸시키고 이후에 아이들을 구출하느냐."

"음……."

한 소리지만 여러 사람에게서 나온 신음 소리였다. 조휘도 그중에 해당됐다. 조휘도 이제 처음 듣는다. 괜히 신경 쓰일까 봐 작전은 잘 나오고 있는지 단 한 번도 묻지 않았다. 부담으로 다가와 어긋난 설계도가 짜일까 봐. 그리고 그걸 물어볼 시간도 없었다. 정말 죽지 않을 정도까지 수련에 매진했으니까.

그래서 지금 처음 듣는다.

잠깐 생각하던 조휘가 입을 열었다.

"전자, 후자 전부 위험부담은 비슷하군."

"네, 그렇습니다."

"추천하는 건 있나?"

"후자입니다."

"전멸?"

"네."

"좋은 생각이… 있나 보군."

"적군의 상태를 좀 살펴봤더니 처음 랍살에 있던 군 병력은 성문 경계로 보내 버리고 따로 명에서 보낸 병력이 포달랍궁을 지키고 있더군요."

"언제 그걸 또 알아냈지?"

"오면서 조용히 봤습니다. 성벽을 지키는 병사들은 강병(强兵)입니다. 하지만 포달랍궁을 지키는 놈들은 약골이 태반입니다."

"이유는… 아아, 대충 예상이 되는군."

조휘도 어느 정도 눈치는 챘다.

어디서 왔는지 모르겠지만 절대로 신강, 청해, 운남 등 서장 주변 성에서 온 병력은 아닐 것이다. 딱 보아하니 중원 내륙에서 온 병력이다. 그렇다면 행군을 했을 것이고, 그 행군에 지쳐갔을 때 고원지대로 들어섰다. 숨이 턱턱 막히다 못해 고산병에 쓰러지는 놈들이 태반이었을 거다.

천하의 공작대도 적응 기간 동안 애를 먹었는데, 아무리 정예

병이라 한들 제대로 버텨냈을 리가 만무했다.

일단 걸렸다 하면 회복하기 힘든 게 고산병이다. 제대로 된 치료를 받아야 하는데 그러지도 못했다.

그래서 지금 포달랍궁을 지키는 놈들의 기강, 체력, 종합적인 능력까지 전부 최악이었다. 조현승의 선택이 이해가 갔다.

"여러분은 어떻습니까?"

"하핫! 마도가 하자는데 가야지."

김문택이 대표로 말했고, 다른 대주들도 고개를 끄덕였다.

"그럼 이건 접겠습니다."

조현승은 바로 지하 미로 지도 위에 다른 지도를 얹었다. 포달랍궁과 주변 지형, 병사들의 숙소, 병력이 경계를 서는 곳에 대한 상세한 정보가 적혀 있는 지도였다.

"삼교대입니다. 삼천 정도가 쉬지도 않고 경계를 합니다."

"죽어나가겠군."

"네, 너무 심하게 경계를 서고 있어 병사들은 더욱더 악화되어가고 있지요. 솔직히 말하자면 한 일이 주 더 쉬었다가 치고 싶지만……."

"아니, 그건 안 돼. 이 순간에도 애들은 죽어나가고 있을 거야. 지난 한 달을 참은 것만 해도 난 많이 참았어."

"그러실 거라 생각했습니다. 그럼 지금부터 작전을 설명하겠습니다."

모두의 눈이 반짝거리며 조현승에게로 모여들었고, 약 두 시진에 걸친 회의 끝에 작전은 완성되었다.

*　　　　*　　　　*

늦은 밤, 아주 늦은 밤. 칠흑의 어둠이 온 세상을 감싸고 한 치 앞도 분간할 수 없을 정도로 짙은 안개가 낀 밤.

그 어둠을 뚫고 달리는 일단의 무리가 있었다. 가장 선두에는 오홍련 개발부에서 특수 제작한 검은색 작전복을 입고 복면을 뒤집어쓴 조휘가 있었다. 허리에는 풍신, 양 손목에는 홍뢰를 차고 쌍악을 쥔 조휘의 이동은 가공할 만큼 빨랐다. 고작 일주일 이지만 폐가 터지도록 산을 달린 보람이 고스란히 드러나고 있었다.

그 뒤를 따르는 은여령이야 원래 말할 것도 없고, 나머지 인원도 조휘에게 뒤처지지 않고 잘 따라왔다.

포달랍궁이 시작되는 홍산(紅山)의 첫 번째 관문 근처에 다다른 조휘는 조용히 손을 들었다.

그 신호에 조휘를 포함한 전체가 일정한 간격으로 작게 심호흡을 하며 이동 중 자극 받은 폐를 진정시켰다.

얼마 걸리지 않았다.

단련된 폐는 뭐 이까짓 걸로 그러냐는 듯 금세 평온을 찾았다. 하늘을 보는 조휘. 짙은 구름으로 인해 달이 보이질 않았다. 하지만 그래도 상관없었다.

한 치 앞도 안 보이는 칠흑의 무저갱. 공작대가 서장에 도착해서 가장 많이 한 훈련이다. 원래 야밤 기습전은 완전 전공이기도 했다.

작전은 간단하면서도 어렵다.

일단 여섯 개의 낭인 조.

이들의 실력을 대충 보자면 공작대 조금 아래 정도 같았다. 크게는 세 수, 작게는 한 수 반 정도? 하지만 그 정도만 하더라도 굉장한 거다. 공작대는 그 거대한 오홍련에서 날고 기는 이들 중 심성까지 파악해서 뽑은 정예 중 정예이고, 낭인들은 보통 전귀라 부르지만 여섯 대주들이 그 전귀들 중에서도 심성이 고른 놈들만 뽑아 만든 대니까.

이들은 평소에는 각자 활동하다가 큰 일이 있으면 뭉쳐서 협동으로 의뢰를 맡는다. 그렇다 보니 손발도 잘 맞았다.

이들이 동시에 쳐들어간다. 조휘의 공작대까지 총 일곱 개의 조가 각 구역을 철저하게 파괴하며 뚫고 들어가는 데 중요한 건 시간이었다.

조현승은 말했다.

포달랍궁은 크지 않다. 방어에 특화되어 있을 뿐. 그러니 속전속결, 반 시진 안에 모조리 죽이는 거다.

이게 어떻게 가능하냐고?

병든 닭을 죽이는 일인데 힘들 게 뭐 있나.

비실거리면서 도망도 제대로 못 칠 텐데.

물론 제대로 된 놈들이 있겠지만 중요한 건 기세다. 하지만 이게 끝이 아니다. 독을 풀 거다. 살상 독은 대량으로 못 푼다. 어차피 구하기도 힘드니까. 대신 온몸을 무기력하게 만드는 독을 맹승의 조가 풀기로 했다.

맹승이 이끄는 조는 전면전에서는 좀 위력이 떨어지나 어둠을 이용한 잠입만큼은 공작대 이상이라고 자신했다.

그들의 신호가 오면 작전 개시다.

툭.

뒤에서 누가 건드려서 바라보니 은여령이 손을 들어 올렸다가 다시 바닥으로 내려 뭔가를 써 내려갔다.

'조심해요.'

끄덕.

그녀의 걱정이 온전히 느껴지는 글자에 조휘는 고개를 끄덕이는 걸로 대답을 대신했다. 그러자 빤히 조휘를 보다가 다시 뭔가를 써 내려가는 은여령.

'내 곁에서 떨어지지 마요.'

피식.

이번 건 실소가 나올 뻔했다.

이 여자가 아주 자신을 강가에 내놓은 애 취급하는 건지 순간 의심이 들 정도였다. 대답 대신 조휘는 주먹을 들어 올렸다.

그러자 그 주먹을 가볍게 툭 치며 고개를 끄덕이는 은여령이다.

"후우……."

들어왔던 숨이 다시 나갔다.

그 상태로 눈을 감는 조휘.

'이젠, 잡생각은 버린다.'

온전히 작전에 집중해야 할 때였다.

반각 정도 기다렸을 때다.

까악!

자오(慈鳥)가 우는 소리가 들렸다.

동시에 감겨 있던 눈이 번쩍 떠졌다.

축제 시간이다.

제76장
작전개시

파바바박!

달리던 자세 그대로 몸을 날리는 조휘. 머리 하나는 더 큰 담벼락을 그대로 타고 올라간 조휘는 바로 사방을 살폈다. 밝았다. 적의 야습에 대비해 매우 밝게 사방을 밝혀놓았지만, 지금은 그리 좋은 선택은 아니었다.

왜냐고?

사방에 죽여야 할 놈들이 꿈틀거리고 있었다. 마비 독에 당해 경련을 일으키는 놈들. 조휘의 입이 천천히 열렸다.

"마비 시간은 길어야 이각. 싹 죽이고 이동한다."

대답은 없었다.

푹!

푸부부북!

이동하는 그대로 사정없이 적의 목울대며 심장이며 보이는 대로 확실하게 찍어버렸다. 바닥에 누워 경련 중인 놈이 오히려 더 죽이기 짜증났다.

일만이 넘는 놈들이 삼교대로 방비를 서고 있다. 지하도 물론 있겠지만, 일차 방벽 쪽에 적어도 일천이 넘어 보였다. 하지만 그렇게 많아도 싹 정리하는 데는 그리 오래 걸리지 않았다. 공작대만 하는 것도 아니고, 오홍련이 고용한 무려 오백씩 여섯 개의 대 삼천이 움직이고 있다.

정말 순식간이었다.

앞줄이 무시하고 끝줄을 향해 달리면 맨 뒤에서부터 눈에 보이는 대로 학살만 하면 된다.

일차 저지선은 반각도 안 되어 정리됐다. 일천에 가까운 사자들의 피 냄새는 포달랍궁을 순식간에 지옥으로 탈바꿈시켰다.

"후아."

복면을 썼음에도 숨을 쉬기만 해도 지독한 핏물이 마치 코로 빨려들어 오는 게 아닌가 하는 착각이 들었다.

그리고 그 피 때문이었을까.

"하아……."

취한 듯 조휘의 입에서 한숨이 흘러나왔다.

까악!

첫 번째 신호다.

조휘는 그 신호 소리에 득달같이 내달렸다.

파바바박!

순식간에 쭉쭉 뻗어 나가고 그 뒤를 은여령, 오현, 다시 그 뒤를 장산과 위지룡, 악도건, 중걸이 받치며 달렸다. 그렇게 작은 송곳처럼 추형진을 만들어 내달리며 가장 오른쪽 벽부터 안쪽으로 선회하기 시작했다.

이차 방어선.

여기엔 좀 멀쩡한 놈들이 있었다.

하지만 그놈들은 반이 안 됐다. 아래서 일어난 학살로 인해 이미 비상종은 울렸다. 어차피 이제 조금만 시간이 지나면 벌떼처럼 몰려나올 거다. 하지만 그거야말로 조현승의 설계도에 없어서는 안 될 상황이었다.

다른 낭인대에는 없어도 공작대에게 있는 비전의 살상 무기, 진천뢰다. 게다가 부피는 좀 커졌지만 화력은 더 빡세진 강화진천뢰다. 밀집대형에 하나 터지면? 못해도 수십은 저승행이다. 이게 오십 개가 각각 구역을 잡고 떨어지면?

조선 전쟁 때 모리휘원이 짠 방어벽에 썼을 때보다 더욱 강력하고 거대한 폭발이 일어날 것이다.

나오고 있다.

삼차 방어선 위에서 비상종에 정신없이 나오고 있는, 죽고 싶어 환장한 부나방들이 보였다. 하지만 그 이전에 이차부터 정리

해야 한다.

"어, 어어!"

"뭐, 뭐야, 이 개새끼들은!"

이제야 정신 차리고 악을 쓰기 시작하지만, 대답으로 날아오는 건 기계 소리였다.

퉁!

투두두두둥!

빗발치는 시위 소리는 마치 악기 소리 같았으나 나온 결과는 아주 삭막했다.

푹!

푸부부북!

피육을 뚫고 들어가며 비명이 회오리치듯 솟구쳤다. 다시 한 번 이차 사격 후 조휘는 그대로 적진을 뚫었다.

까악!

그 순간 두 번째 소리가 들리며 공작대의 정 반대편에서 낭인 대가 우르르 달려들었다. 이차 방어선 작전의 개요는 간단했다. 공작대가 시선을 있는 대로 끌어내고, 정신이 나간 틈을 타 후미와 중미를 낭인대가 때려 박는 거다.

쉭!

쭉 찔러들어 온 창을 피한 조휘는 상체를 바짝 숙여 적병의 품으로 파고들었다. 그 순간 반항이 있었지만 창대는 어깨로 쳐 내고 동시에 오른손이 번쩍했다.

슈각!

"으아아악!"

일자 형태의 백악이 그대로 안면을 갈라 버렸다.

푸슉!

피가 솟구치자 비릿한 피 냄새가 후각을 아주 제대로 자극했
다.

'하아…….'

속으로 그 향을 음미하는 조휘.

마도(魔刀)의 등장이다.

얼굴이 갈라져 비명을 지르는 적병의 심장에 빙글 돌려 역수
로 쥔 백악을 재차 쑤셔 박고, 그대로 비틀어 뽑은 다음 상체를
비틀어 사선으로 숙이는 조휘.

슈아아악!

이미 보고 있던 창이 원래 머리가 있던 장소로 쑥 튀어나왔
다. '킄!' 하는 이 악무는 소리가 흘러나올 때쯤 조휘의 신형은
이미 튕겨 올라오고 있었다. 물론 그냥 올라오지는 않았다. 유려
한 곡선을 가진 흑악이 어둠을 쭉 갈랐다.

서걱.

깔끔하게 뭔가를 베는 소리가 들렸다. 조휘는 그 소리가 목울
대 바로 위를 베었다는 데 얼마 없는 전 재산을 걸 자신이 있었
다.

풋! 푸확!

피가 찔끔 나오다가 솟구치는 소리가 들렸다. 동맥이 썰렸으니 당연한 일이다. 솟구친 피는 조휘의 얼굴에 떨어져 안 그래도 날뛰는 마(魔)를 더욱 자극했다.

"죽어!"

악에 받친 소리 뒤 검이 얼굴로 쑥 들어왔다.

깡!

다시 정상으로 쥔 백악으로 튕겨내고, 튕기듯 몸을 날려 품으로 파고들어 흑악을 역수로 쥐고 그대로 턱을 쑤셨다.

푹!

그그극!

끔찍한 소리가 울리기 시작했다.

턱을 뚫고 들어간 흑악이 뼈를 갉아내는 소리였다. 벼락 맞은 것처럼 부들부들 떠는 놈을 보니 살긴 글렀다.

푹.

흑악을 뽑은 조휘는 옆으로 비켜서며 홍뢰를 겨눴다. 막 달려들던 놈이 흠칫 놀라는 게 보였고, 이어 '어어, 자, 잠깐!' 하고 외쳤다. 하지만 조휘는 오른손으로 가볍게 걸쇠를 당겼다.

퉁!

퍼격!

근거리에서 발사된 홍뢰다. 활의 곡사처럼 낙하하며 힘을 얻는 게 아니라 직사 형태의 무기이니 파괴력은 어마어마했다. 아예 뒤통수까지 뚫고 나왔으니까. 그리고 조휘는 물러났다. 가장 앞에서 달려들던 놈이 내던진 창이 조휘의 발아래에 박혔다.

툭!

사선에서 날아든 홍뢰 한 발이 조휘를 공격한 놈의 목젖을 그대로 꿰뚫었다.

그륵, 그르륵!

피가래 끓는 소리가 들려왔지만 그 정도야 전장에서는 아주 흔한 일이다. 정반대편에서도 거친 욕설과 함께 낭인대가 적병을 써는 소리가 들려왔다.

깡!

"어쭈? 막아?"

조휘의 왼쪽에 있던 장산의 목소리다. 그는 대부를 막아낸 병사를 보며 비릿한 조소를 흘렸고, 징글징글한 살기를 띠고는 그대로 재차 공격을 감행했다.

"막아봐, 이것도 막아보라고!"

깡! 깡!

양손에 쥔 도끼로 적병의 방패를 사정없이 내려찍으니 나무로 만들어진 방패가 네 번째 참격에 결국 쩍 쪼개져 버렸다.

쪼개진 방패 사이로 파랗게 질린 적병이 보인다.

히죽.

"고기 있네?"

쩍!

말이 끝남과 동시에 번개처럼 휘둘러진 장산의 도끼가 그대로 적병의 안면을 찍었다. 조휘와 함께 항상 최전방에 서서 적진을 뚫어 파헤치는 역할을 하던 장산이다. 평소에는 좀 맹한 구석이 있지만, 전투가 벌어지면 백팔십도 돌변한다. 아주 잔인하고 강력한 괴물로. 물론 아군에게는 더없이 든든한 수호신이기도 했다. 그에게는 혼자 수십, 수백과 맞서는 기백과 실력이 있었다.

쩍!

다른 손에 든 도끼가 다시금 달려들던 놈의 면상을 후려쳤다. 아주 확실하게 찍고 들어갔고, 그대로 뽑아내자 피가 훅 튀어나왔다.

깍깍!

그 순간 까마귀 소리가 연달아 들렸다.

신호다.

조휘는 물러섰다.

조휘뿐만이 아니라 최전방에 나서 있던 은여령, 장산, 오현과 중걸까지 전부 같이 물러났다. 그리고 단단한 눈빛으로 적병을 압박했고, 그사이 뒤에 있던 공작대원들이 진천뢰를 꺼내 들었다.

위에 몰릴 만큼 몰렸다는 신호다.

칙!

가장 먼저 위지룡이 심지를 당기고 그대로 포달랍궁의 입구 쪽으로 냅다 던졌다. 이어서 공작대원 전원이 심지를 당기고 어두운 밤하늘에 진천뢰를 안겼다.

쉬이익.

바람을 타고 날아가는 진천뢰의 소리는 뭔가 기묘한 불안감을 선사하기에 충분했다.

흠칫!

동그란 쇠뭉치가 날아가는 걸 본 적병들은 순간 몸이 굳어버렸다. 본능적으로 파악한 거다. 저게 뭔지.

콰앙!

거대한 폭음이 울렸다.

개량 진천뢰.

성인 사내 주먹 두 개를 합친 정도밖에 안 되지만 파괴력은 가히 상상을 초월했다.

"으아아아아악"!

위지룡이 던진 첫 번째 진천뢰가 터지고 불길이 일어나며 그 안에서 비명도 같이 섞여 울려 퍼졌다.

하지만 이게 끝이 아니다.

콰과과광!

콰앙!

쾅!

거의 동시에 던진 진천뢰 오십 발이 폭음과 함께 거대한 불기둥을 수십 개나 만들어냈고, 불 폭풍은 서로 섞여 마치 회오리처럼 휘몰아치며 포달랍궁 입구를 초토화시켜 버렸다.

순식간에 벌어진 일이고, 전혀 예상치도 못한 공격이었다.

가히 폭격(爆擊)이라 할 수도 있을 만한 이 공격 한 번에 입구에서 우르르 몰려 나오던 적병 이천 이상이 휩쓸렸다. 그냥 한 군데에다가 던졌으면 절대로 그 정도는 안 죽겠지만 무수히 많은 연습을 통해 대화를 하지 않고도 넓게, 촘촘하게 던졌다. 그러니 수십 개의 불기둥이 솟아난 것이다. 인명 살상력은 더욱더 극대화됐고.

오십이 만든 학살.

보고도 믿기지 않겠지만 믿어야 한다.

지금 이 순간 이미 벌어진 일이니까.

거대한 폭발이 휩쓸고 지나간 다음은?

멍하니 굳은 적병을 학살하는 일만 남았다.

말했듯이 전투는 기세다.

이 순간을 놓치는 건 진짜 전투를 이끄는 자로서 무조건 실격이다. 그런 조휘의 마음을 아는지 저쪽 반대편에서 다시금 전투가 시작됐다. 낭인들이 먼저 움직인 것이다. 그들도 충분히 숙지를 받았기에 놀라지 않았다. 잠깐 굳긴 했겠지만 누구보다 빨리 정신을 차리고 전투에 재차 돌입했다.

조휘도 마찬가지다.

푹!

멍때리고 있던 놈의 심장에 흑악을 쑤셔 박은 조휘는 눈을 끔뻑이는 놈의 귀에 대고 작게 소곤거렸다.

"전투 중에 한눈팔면 쓰나."

"크륵……."

드드드득!

흑악을 비틀어주니 놈이 기괴한 신음을 흘렸다. 그리고 그 신음이 멈춘 뒤에는 눈빛에서 생기가 빠르게 빠져나갔다.

흑악을 빼내기 무섭게 달려들던 적병의 목이 서걱 소리와 함께 날아갔다. 가공할 쾌검. 이런 공격을 할 수 있는 건 오직 은여령밖에 없었다.

퍽!

오현도 시작했다.

날렵하게 뛰어들어 가볍게 주먹을 뻗었고, 그 주먹에 안면을 강타당한 적병의 목이 뒤로 꺾이면서 우득 소리가 흘러나왔다. 타격점을 정확히 맞춘 한 방이고, 그래서 파괴력 또한 엄청났다. 괜히 별호가 철권이 아닌 것이다.

퉁!

투두두둥!

푸부북!

홍뢰가 최전방을 막은 다섯 사람의 틈으로 파고들어 위협적인 행동을 가하는 적에게 가차 없이 꽂혔다.

시간제한이 걸린 작전이지만 조휘는 급하게 몰고 가지 않았다. 궁지에 몰린 쥐새끼는 고양이를 물기도 한다는 걸 아주 잘 알기 때문이다. 품에서 진천뢰 하나를 꺼낸 조휘. 손 위에서 휙휙 던지기 시작하니 적병의 얼굴이 사색이 됐다. 이차 방어선 안에 있던 적병들은 이미 양쪽 끝에서 받은 공격으로 점차 중앙으로 몰려 버린 상태다. 이런 상태에 저게 중앙으로 날아가면? 모두가 상상하는 일이 현실이 될 것이다.

"왜, 겁나?"

흠칫!

불쑥 꺼낸 조휘의 말에 대답하는 놈은 없었지만, 얼굴에는 잔뜩 긴장감이 흐르고 있었다. 그러나 조휘는 바로 던지지 않았다. 기세는 완벽히 꺾어야 한다. 그래야 이후가 편하다.

히죽.

조휘의 입가에 비릿한 조소가 걸리는 순간, 어느새 진천뢰는 하늘로 떠올라 정확히 적병의 중앙 쪽으로 날아가기 시작했다.

동시에 저지선 가장 아래에서는 조현승의 지휘 아래 이차 포격이 시작됐다.

쾅앙! 쾅과광!

*   *   *

쿠구궁!

우수수!

포달랍궁 지하 중심에는 둔중한 충격 이후 천장에서 돌 부스러기가 떨어져 내렸다. 그리고 그곳엔 날이 잔뜩 선 표정을 한 인물이 있었다.

"확인했나?"

"네, 오홍련 공작대도 분명 왔습니다."

"마도도 있고?"

"가장 최전방에서 길을 열고 있습니다."

"흐, 흐흐흐, 개새끼, 무덤을 아주 정확히 찾아왔구나. 흐흐흐!"

비릿한 조소를 흘리는 이는 동창의 금위형천호(錦衣衛千戶) 우광이었다. 손을 들어 텅 빈 동공을 만지는 우광이 갑자기 으득이를 갈았다. 조휘에게 당한 상처는 아니었다. 이전 작전의 실패 책임으로 내놓은 눈이다. 당연히 그 눈은 적무영이 빼갔다. 그리고 이곳은 마지막 기회였다.

하필이면 다 말라비틀어진 노계(老鷄) 같은 병력이 수비병으로 온 건 마음에 안 들었지만, 그래도 일만의 병력이 있다. 게다가 책임자로 은밀히 오면서 오홍련의 진천뢰와 같은 폭탄을 잔뜩 들고 왔다.

"준비는?"

"끝났습니다. 신호만 주시면 됩니다."

"흐흐, 마도, 이번엔 반드시 죽인다."

눈가를 매만지던 우광은 음침히 중얼거린 후 심호흡을 크게 했다. 이건 목숨을 건 전쟁이다. 아니, 원래 전쟁은 목숨을 동반하지만 여태껏 우광은 자신이 살아남을 구멍은 반드시 만들어 놓았다.

하지만 이번 작전은 살아남을 구멍 따위 없었다. 이 거대한 포달랍궁의 지하 곳곳에 폭탄을 심어놓았다. 기관으로 맞물려 놨고, 각 공간 지지대에 설치했기 때문에 폭탄이 터지기 시작하면 포달랍궁 자체가 무너질 확률이 매우 높았다. 실제로 그걸 노리고 작전을 짠 것이기도 했다.

적무영은 우광을 불러 말했다.

마지막이니 마도를 죽이든 니가 죽든 아니면 같이 죽든 셋 중 하나를 고르라고. 그래서 우광은 아주 확실하게 마도를 죽일 방법을 구상했고, 그게 바로 지금 이 상황이다.

'죽인다. 죽여 버리고 말겠어. 마도, 이번엔… 반드시!'

섬뜩한 살기를 줄기줄기 뿜어내며 그에 걸맞은 미소를 짓고 있는 우광은 확실히 제정신이 아니었다.

물론 우광 나름의 이유는 있었다.

우광의 인생을 표현하자면 탄탄대로였다. 동창에 입성하고 난 뒤 금위형천호까지 올라서는 데 걸린 시간은 얼마 되지 않았다. 무려 오 년, 아니, 겨우 오 년 만에 종칠품 직졸부터 시작해 종삼품 금위형천호까지 올랐다. 그리고 이형백호로 올라서는데 딱 조현승의 작전만 성공시키면 됐다.

하지만 거기서부터 발목이 잡혔다.

그의 입장에서는 웬 이상한 새끼가 끼어들어 작전을 모조리 망쳤다. 그냥도 아니고 진짜 엉망진창으로 만들었고, 여기서 그는 적무영에게 일차 경고를 받았다. 그리고 이를 부득부득 간 우광은 이후 끈질기게 기다렸다. 장운. 마도가 장웅서를 친 것을 알아내고는 언제고 장운을 찾아올 마도를 낚기 위해 최대한 촘촘한 그물을 짰지만 이번에도 실패했다.

광동성의 패주 오홍련의 오함대 제독 원륭의 방해 때문이었다. 이때 이차 경고 이후 눈 하나를 빼앗겼다.

그리고 이번이 마지막이었다.

적무영은 아주 확실하게 이번에도 실패 시엔 숨을 끊어놓겠다고 했다. 우광이 아무리 대단해도 그가 죽이겠다고 마음먹은 이상 이 땅 위에서 숨 쉴 만한 장소는 없었다. 그 자신이 동창이니 이들의 집요함에 대한 것은 본인이 가장 잘 알고 있었다.

'흐흐, 못해도 같이는 죽어주마. 기대하라고.'

그래서 자신도 죽을 각오로 포달랍궁 지하를 개조했다. 폭약을 잔뜩 심었고, 기관에 물려 터지는 순간 지하 미로 전체에 연쇄 폭발처럼 폭약이 터진 후 무너져 내릴 것이다. 특히 아이들이 있는 공간은 반드시 마도가 올 것이다.

"현재 어디까지 밀고 올라왔지?"

"삼차 저지선이 뚫리기 직전에 들어왔으니 늦어도 반 시진 뒤엔 지하로 들어설 겁니다."

"좋아. 아주 좋아. 흐흐흑!"

우는 건지 웃는 건지 모를 괴소와 함께 우광은 자리에서 일어났다. 안 그래도 어두운데 눈 하나까지 없으니 균형이 잘 안 잡혀 그런지 몸이 비틀거렸다. 그러자 수하가 바로 다가와 부축해

줬지만 그게 또 우광의 심기를 건드렸다.

"죽고 싶냐?"

"죄, 죄송합니다!"

"감히 이 몸의 몸에 손을 대?"

스릉!

쉭!

벼락처럼 휘둘린 검이 수하의 얼굴 옆으로 솟구쳤다. 서걱 소리가 들렸고, 뭉뚝한 살점과 피가 함께 솟구쳤지만 비명은 없었다. 우광이 베어낸 건 귀였다.

"죄송합니다."

"……."

다시 한 번 나온 수하의 사과에 우광은 이글거리는 눈으로 노려보다가 이내 신형을 돌렸다. 수하는 멀어지는 우광의 등과 바닥에 떨어진 자신의 귀를 보며 슬그머니 이를 악물었다. 직졸은 의사 표현이 극도로 제한된다. 하지만 우광의 수하로 종사품 첨형관(貼刑官) 정도 되면 그 제약은 풀린다. 의사 표현뿐만이 아닌, 실제로 창(廠) 내 정치도 개입할 수 있을 정도의 자격을 가지게 된다.

떨어진 귀를 보던 첨형관 종여기는 서늘하게 굳은 눈으로 멀어지는 우광의 등을 바라봤다. 그러다 이내 눈빛을 풀고 그의 뒤를 따랐다. 거대한 공동은 순식간에 텅 비어 적막한 침묵만이 흘렀다. 하지만 얼마 지나지 않아 구석진 곳에서 두 사람의 대화, 행동을 모두 지켜본 이가 있었다.

"발칙한 짓을 꾸미고 있었네?"

오홍련 내 최고의 은신, 침투의 대가(大家) 이화였다.

*　　　*　　　*

이미 몇 차례 거하게 당한 전적이 있는 조휘와 공작대였고, 조현승은 그 부분을 놓치지 않았다. 그래서 혼란을 틈타 이화를 잠입시키고자 건의했고, 조휘는 만류했지만 이화는 싱긋 웃으며 조현승의 말에 고개를 끄덕였다.

그녀는 활과 목도를 이용한 근접 전투에도 일가견이 있지만, 진짜 최대 장점은 바로 작은 체구를 이용한 그녀만의 특수한 은신, 잠입술이다.

진천뢰가 터지고 혼란이 극에 달했을 때 그녀는 유유히 포달랍궁의 지하로 스며들었다. 이미 포달랍궁에 대한 지형 정보는 모두 머리에 꿰고 있는 그녀였기에 중앙 공동까지 가는 데는 얼마 걸리지도 않았고, 우광과 그의 수하, 귀가 잘려 복면을 뒤집어쓴 종여기의 대화를 시기 좋게 모두 들었다.

'미안하지만, 아니, 하나도 미안할 것 없이 그렇게는 안 되겠어요.'

지하를 붕괴시켜 마도를 죽일 작전을 짜놓고 기다리고 있었다. 이대로 공작대가 침투하면 전멸을 면치 못할 것이다.

은신, 잠입에 일가견이 있는 만큼 그녀는 기관에 대한 이해도 아주 뛰어났다. 공작을 위해 그녀는 쉬는 시간 전부를 기관 공부에 투자한 것이다.

가만히 눈을 감고 미로의 지형을 떠올리는 이화. 한참을 그러고 있다가 눈을 번쩍 뜨고는 곧바로 주변을 살피며 이동을 시작했다.

'연쇄 폭발을 일으키는 기관의 중심만 찾으면 돼.'

그것만 찾아 못 쓰게 망가트리면 우광의 작전은 실패로 돌아갈 것이다. 그리고 조현승은 그걸 위해 자신을 이 안으로 들어오게 했다.

쿠웅!

천장이 우르르 떨렸다. 또 한 발의 진천뢰가 터진 것이다. 근데 진동이 그리 멀지 않은 곳에서 일어난 걸로 보아 공작대든 낭인대든 미로 입구에 거의 도달한 것 같았다.

'에이, 천천히 좀 오지!'

너무 빠른 이동이었다.

조급함이 일어난 이화는 좀 더 빨리 움직였다. 소리도 없이 지면을 박차고 어둠에 숨어 움직이는 이화의 모습은 마치 그림자만 휙휙 지나가는 착시를 일으킬 정도로 날랬다. 물론 완전히 자유롭게 이동할 수는 없었다. 이 인 일 조로 짝을 이룬 놈들이 꽤나 많았다. 피할 수 있으면 피했지만 부득이한 경우에는 그냥 덮쳤다.

살금살금 뒤로 다가가 옆구리에 그대로 퍽.

'헉!' 소리가 나는 순간 목도가 솟구쳤다.

턱 아래를 그대로 뚫어 꼬치 꿰듯 꿰어버리고, 놀라 옆을 돌아보는 놈의 목을 잡아 그대로 비틀었다.

소리도 없이 두 놈이 그대로 황천길로 떠났다. 거의 동시에 쓰러지는 두 놈을 손을 따로 뻗어 잡고는 조용히 눕혔다.

'휴.'

밀폐된 공간이니 이제 피 냄새가 빠르게 사방으로 퍼질 것이다. 단숨에 제압하느라 어쩔 수가 없었다.

이화는 다시 신속하게 움직였다. 지나가면서 주변을 살피고 있지만 대충 살피는 건 아니었다. 눈썰미가 워낙에 좋아서 조금의 부자연스러움도 이화의 눈을 피해갈 순 없었다. 일다경 정도를 움직이던 이화는 어느 한 지점에서 눈을 반짝이며 멈췄다. 사람 하나 들어갈 정도의 움푹 들어간 통로 앞이다.

다시 눈을 감고 미로의 지형지물을 떠올리는 이화. 다시 눈을 뜬 이화의 입가에 슬그머니 미소가 걸렸다.

목도를 빼들고 슬쩍 통로 안으로 발을 들이밀었는데 예고도 없이 칼날이 튀어나왔다. 하긴 예고를 하는 게 이상한 일이다. 하지만 이화는 이미 알고 있었다. 그녀가 멈춘 이유도 통로에서 은밀히 기척을 숨긴다고 숨긴 은신자의 기척을 느꼈기 때문이다.

깡!

목도와 꼬챙이 같은 칼이 부딪쳤는데 불꽃이 튀었다. 특수한 염료로 표면 처리를 한 목도라 강도는 가히 조휘의 풍신에 버금 갔다.

쉭!

칼을 튕겨내자 새까만 육체가 앞으로 나오며 주먹으로 이화의 턱을 노렸다. 그 속도는 굉장히 빨라 넋 놓고 있었다면 그대로 턱주가리가 날아갔을 테지만 이화가 누군가. 근접전에서도 마도에 버금가는 무력을 보여주는 태극도문의 제자가 바로 이화이다.

고개만 비틀어 피하고 그대로 손등으로 팔뚝을 쳐서 밀어냈다. 그러자 공간이 확장됐다. 칠 수 있는 공간이 말이다.

쉬익.

날렵하게 파고드는 이화.

빡!

두득!

"커윽……."

어디를 후려쳤기에 독한 동창의 요원이 신음을 흘릴까? 정답은 남성의 아주 중요한 부위다. 허물어지듯 손은 자연히 하체로. 상체도 쭉 내려왔다. 딱 후려치기 좋은 각까지 와서 이화는 참지 않았다.

빠각!

곱게 접힌 팔꿈치가 관자놀이를 쳤고, 그대로 적의 의식은 끊졌다. 바닥에 풀썩 쓰러진 놈의 목을 밟아 부러뜨린 후 시체가 된 적의 몸통을 넘어 안으로 들어가는 이화. 불빛이 없어 사물의 확인은 불가능했지만 이화는 그대로 손을 뻗었다. 손끝으로 돌의 까끌까끌한 표면이 느껴졌다.

천천히 더듬어보자 뭔가 인위적으로 툭 튀어나온 장소가 만져졌다. 이화는 잠깐 고민했다. 함정일 수도 있기 때문이다. 잠시간 고민 뒤 이화는 그냥 툭 튀어나온 돌을 손바닥으로 밀어 넣었다.

그그그긍.

돌끼리 서로 부딪치는 소리를 내며 기관은 밀려들어 갔고, 그러자 그 옆의 돌이 옆으로 쭉 밀려나갔다.

'제대로 찾은 것 같은데?'

이제는 불빛이 필요해 품에서 화접자(火摺子)를 꺼내 불을 댕겼다.

치익 소리와 함께 전면이 밝아졌다.

'역시.'

이화는 빙긋 미소 지었다.

톱니처럼 생긴 원형 부품들이 잔뜩 맞물려 있었다. 이게 어떤 역할을 할지는 바보가 아닌 이상 우광의 대화를 들었으면 눈치를 채야 한다. 그리고 이화는 바보가 아니었다.

'이거 하나는 아니겠지만, 중요한 건 하나라도 찾았다는 점이지.'

아예 못 잡았으면 모를까, 벌써 하나를 찾았다면 다른 것도 찾을 수 있는 확률은 더 올라갈 것이다.

곰곰이 살펴보다가 중간에 네 개의 원형 부품과 맞물린 가장 큰 부품을 뽑아냈다. 팅 하고 맑고 경쾌한 소리와 함께 튕겨 나온 부품을 보며 이화는 다시 웃었다. 이번 미소는 그녀의 싱그러운 미소가 아닌, 어쩐지 이화매를 닮은 아주 서늘한 미소였다.

'그때 당한 폭격, 오늘 여기서 다 갚아줄게요. 후후.'

그 속말 뒤로 불이 꺼지고, 이화는 다시 연기가 꺼지듯 어둠 속으로 스며들었다.

*　　　　*　　　　*

이화가 예상한 대로 얼마 지나지 않아 조휘는 지하 미로에 입성했다. 들어선 조휘의 모습은 정말 가관도 아니었다. 새까만 작전복은 온통 피에 젖어 검붉은 빛깔로 변한 지 오래였다. 위에서 대체 얼마나 도륙했느냐고 묻는다면 그것 하나만으로도 무조건 지옥으로 떨어질 만큼의 수를 잡아 죽였다고 말할 수 있을 것이다. 그런 조휘가 지하 미로에 들어서서 느낀 첫 감상은 지독한 퀴퀴함이었다.

이런 곳에 그 많은 아이들이 갇혀 있단 생각을 하니 치가 떨렸다.

슥슥.

조휘의 신호에 은여령과 오현이 고개를 끄덕였다. 빠르고 확실하게 움직일 수 있는 이들이다.

파박!

지면을 몇 번 박차는가 싶더니 벌써 저만큼 이동해 엄폐 후 멈추는 은여령. 그녀는 그 상태로 감각을 최대한 활성화하고는 사방의 기척을 살폈다. 얼마 지나지 않아 그녀에게 바로 수신호가 왔다.

아무도 없다는 뜻.

고개를 끄덕인 조휘는 바로 뒤로 따라오란 신호를 보내고 움직였다. 백 보 정도를 이동 후 멈춘 조휘는 의아함을 느끼기 시작했다.

'너무 조용한데…….'

위에서 분명 어마어마한 수의 명군을 잡아 죽였다. 그리고 삼천 낭인대는 여전히 남은 잔당을 학살 중이다.

진천뢰 몇 발로 어떻게 그런 일방적인 학살이 가능하냐고 묻는다면 가능하다. 노계보다도 힘이 떨어진 놈들 상대라면 뭔 짓을 해도 통할 것이다. 어차피 작전 전에도 이미 사기는 최악이었고, 작전을 시작한 뒤 첫 번째 독을 풀고 학살했을 때 사기는 닭 모가지 비틀 듯 뚝 분질러졌다.

화룡정점은 당연히 진천뢰와 포격이었다.

오십여 발의 진천뢰는 사기 자체를 없애 버렸다. 안 그래도 배고프고 춥고 풍토병에 고산병까지 온갖 악재에 시달리던 명군은

그 순간 도망치기 시작했다. 악착같이 버틴다? 그런 개념 자체가
아예 없었다..

도망치고 또 도망쳤지만 도망칠 길이 없었고, 낭인대가 아직
도 학살 중이다. 위는 아직도 지옥이란 말이다.

'그런데 이리 조용해?'

그래, 백번 양보해서 그럴 수 있다 치자. 하지만 백한 번 양보
하면 당연히 의심해 봐야 하는 거 아니겠나.

조휘는 바로 알아차릴 수 있었다.

'또 뭔 짓을 해놨구나.'

하도 당하다 보니 자연적으로 떠오른 생각이다. 조휘는 바로
공작대에 신호를 보냈다. 함정일 가능성이 높으니 주의하라고.

'나갈까? 아니, 이화가 먼저 안에 들어왔으니 뭔가 알아냈을
거야. 일단 더 기다리자.'

그런 마음과 함께 어차피 들어왔으니 아이들이 있는지 없는지
에 대한 파악이라도 해야 할 것 같았다.

두 번의 신호가 다시 갔다.

산개.

대기.

다시금 신호가 가자 공작대가 빠르게 사방으로 퍼졌다. 이후
조휘는 일단 기다렸다. 공작대가 쓰는 호각을 불고 싶지만, 어차
피 그 소리는 이 밀폐된 공간에서 아주 멀리까지 갈 게 분명하
니 불지 않았다.

그냥 기다렸다.

반각을 좀 더 기다렸을 때쯤, 가장 앞에 있던 은여령에게 신호가 왔다. 접근자가 있다는 신호였다.

다시 잠시 뒤, 이화가 조용히 조휘의 곁으로 다가왔다.

슥슥.

'애들은?'

'있어요. 중앙 공동에.'

'몇이나?'

'파악 불가.'

'함정은?'

'있었어요.'

'있었다? 지금은?'

'제가 다 깨고 나왔어요.'

히죽.

그 말을 하고 나서는 이화매와 아주 판박이인 미소를 짓는 이화였다. 그리고 그 웃음에 조휘도 웃음으로 보답했다.

슥슥.

잘했다고 머리를 쓰다듬어 준 조휘.

이어 다시 바닥에 글자를 써 내려갔다. 많이 파악했지만, 더 중요한 게 남아 있었기 때문이다.

'적 병력은?'

'동창 일백 정도. 지휘관 우광.'

'우광?'

'네!'

피식.

이번엔 조휘의 입에서 미약한 실소가 흘러나왔다. 우광. 진짜 끈질긴 놈이다. 여기까지도 따라온 걸 보니.

하지만 오히려 잘됐다.

'여기서… 반드시 목을 따주지.'

놈은 분명 제가 설치한 함정에 또 자신만만해하고 있을 것이다. 그러다 보니 어디에 있을지도 금방 알 수 있었다. 공작대의 목적인 아이들의 구출. 그러니 놈은 아이들 근방에 있을 것이다.

조휘는 바로 움직이자는 신호를 보냈다. 안 그래도 조휘에게 집중 중인 공작대이니 신호는 금방 퍼졌고, 은여령을 필두로 공작대의 이동이 시작됐다. 중앙 공동까지는 얼마 걸리지도 않았다. 조심해서 움직였는데도 이각이 좀 넘게 걸렸을 뿐이다.

저 멀리 의자에 앉아 있는 우광이 보였다.

조휘는 천천히 어둠 속에 모습을 드러냈다.

"여어."

"여어? 큭! 크핫!"

조휘의 인사에 우광은 비틀린 웃음을 흘렸다. 이십 보 거리에서 멈춘 조휘는 잠깐 우광의 얼굴을 뻔히 바라봤다. 안대를 하고 있는 우광이다. 피식 조소를 지은 조휘가 말을 이었다. 조휘가 먼저 말을 걸 때는 이유가 있다.

혹시 모를, 이화가 파악하지 못한 함정이 더 있는지에 대한 파악이다.

"눈깔은 어디다 팔았나?"

"큭큭! 비싸게 쳐준다는 사람이 있어서 말이야. 냅다 팔아버렸지. 흐흐!"

"아아, 적무영 그 새끼가 가져갔구나? 목숨 값으로."

"눈치 하난 빨라, 마도."

"그럼, 눈치로 여기까지 산 인생인데."

비릿한 미소를 짓는 조휘의 모습은 평범한 것 같으면서도 이상해 보였다. 눈은 전혀 웃고 있지 않으면서 입가에만 미소를 매단 그런 얼굴이니 당연히 그리 보일 것이다.

"눈깔도 뽑힌 새끼가 뭔 배짱으로 여기서 이러고 있나?"

"당연히 네놈을 죽이기 위해서지!"

"날 죽인다고?"

피식.

명백하다 싶은 조소에 우광의 얼굴이 일그러졌다.

그 일그러짐을 보며 조휘가 말을 이었다.

"그때도 못 잡은 놈이 뭔 수로? 눈깔까지 뽑히고 뭔 수로? 설마 저기 뒤에 있는 놈들 믿는 건가?"

"왜, 믿으면 안 되나? 저놈들, 저래 보여도 최정예야. 흐흐, 동창의 최정예만 왔다고. 이 정도 숫자면 충분하지 않겠나?"

"지랄하네. 안 되는 건 니가 더 알잖아? 어디 말도 못하는 병

신 새끼들을 끌어다 놓고 잘 죽이겠네. 솔직히 말해봐. 또 뭐 숨
겨놨냐?"

"흐흐, 무슨 말인지 모르겠는데? 크하핫!"

"처웃는 걸 보니 또 뭔 짓을 해놨구나. 뭔지 들어나 보자. 어
차피 여기까지 들어온 마당인데. 도망도 못 가잖아?"

"흐흐, 맞혀보라고. 그게 또 재미이지 않나?"

"재미는 개뿔."

이어 일부러 큭큭 웃은 조휘는 한 발자국 더 앞으로 나섰다.
그리고 양팔을 벌리고 그 미소 그대로 우광을 같잖게 바라보며
말했다.

"우광, 뭘 준비했는지는 모르지만… 제대로 준비는 했어?"

"그럼. 이번엔 아주 확실하지. 흐흐."

"진짜? 장담할 수 있어?"

조휘가 웃으며 묻자 다시금 웃던 우광의 웃음이 뚝 멎었다.

"너 이 새끼……."

"학습능력이란 건 너만 가진 게 아냐. 이화."

"네."

어둠 속에서 앙증맞은 대답과 동시에 통통 뛰는 걸음으로 이
화가 조휘에게 다가왔다. 곁으로 다가온 이화가 조휘에게 원형
톱니바퀴 몇 개를 건넸다. 조휘는 그걸 힐끔 보다가 우광 앞으
로 획 던졌다.

"……."

"그게 뭔지 알지?"

"어떻게… 알았지?"

"이 아이가 잠입에는 일가견이 있거든. 몰래 들어와서 니가 꾸민 작전도 다 들었고, 기관도 전부 파훼했지."

조휘의 말에 이화가 옆에서 작게 '아이, 아닌데, 칫' 하며 토라지는 소리가 들렸지만 지금은 거기에 어울려 줄 상황이 아니었다.

"흐, 흐흐……."

"지랄 떨지 말고 우리끼리 끝장 보자고."

"시발! 죽여!"

챙!

채재쟁!

무기를 뽑아 드는 소리가 요란하게 들렸다. 난전을 준비했는지 총은 아예 들고 오지도 않았다. 아니, 이미 총으로는 공작대나 마도를 잡을 수 없다는 것을 그때 광주에서 겪었기 때문인지도 몰랐다.

동창 집사(緝事) 일백이 내뿜는 살기는 정말 어마어마했다. 직졸급보다 두 단계는 높은 이들은 거의 보통 작전에서는 조장급 정도의 실력자들이다.

"그렇게 나와야지."

조휘가 손을 들자마자 어둠 속 공동으로 이어진 일곱 개의 통로에서 공작대가 쏟아져 나왔다.

일백 대 오십.

단순 숫자로는 우광이 압도적으로 우세하나, 이 정도 수치의 싸움은 일단 뚜껑을 따봐야 아는 법이다.

조휘는 쌍악을 집어넣고 풍신을 뽑았다.

그릉…….

삼분지 일쯤 뽑혀 나온 풍신이 짐승의 울음 같은 소음으로 전투의 심지를 잡아당겼다.

파바박!

풍신을 뽑으며 상체를 당긴 조휘의 신형이 마치 옛 강호의 궁신탄영(弓身彈影)처럼 튕겨나갔다. 공작대도, 동창도 같이 달렸다.

그아앙!

벼락처럼 뽑혀나간 풍신.

깡……!

과연 한 가닥 실력은 있는 놈들이 확실했다. 조휘의 발도를 막은 걸 보면. 하지만 공격은 이게 끝이 아니었다. 발도를 한 자세에서 힘을 거스르지 않고 그대로 회전, 몸이 가볍게 붕 떴다.

빠각!

돌려차기. 회 축이 그대로 앞서 오는 놈의 턱을 갈겨 버렸다.

빠각!

그리고 그 옆으로 오현이 훅 튀어나오며 한 놈의 면상을 후려 갈기고는 조휘의 왼쪽에 자리를 잡았다.

서걱!

빛살처럼 뿌려진 검, 은여령이었다. 그녀는 자연스럽게 조휘의 오른쪽을 선점했다. 그리고 맨 끝으로 다시 장산과 중걸이 자리 잡고, 공작대가 뒤에서 홍뢰를 겨눴다. 수가 많으니 포위? 그건 실력 차이가 날 때나 하는 거고, 공작대를 상대로 어쭙잖은 수를 썼다간 한쪽 축부터 와르르 무너질 거다.

"단단히 조여! 중앙 전열은 무조건 막아!"

뒤에서 우광의 외침이 들려왔다.

비겁한 새끼가 전투에는 끝까지 참여하지 않고 있었다. 역시 제 목숨 아까운 줄 아는 놈이다. 저런 놈은 분명 승기가 기우는 순간 나설 것이다. 조휘의 앞으로 나오든, 아니면 도망을 가든 양단 간에 하나를 선택할 거다.

'기다려라.'

반드시 이곳에서 숨통을 끊어줄 테니까.

조휘의 시선은 무감정해져 갔다. 어차피 저놈이 준비한 수는 결국 이화의 손에서 파훼되었고, 남은 건 여기 있는 개새끼들을 모조리 찢어 죽이고 우광의 목을 따면 된다. 도망? 아마 불가능할 것이다.

조현승, 그가 있으니까.

그는 섬멸전을 얘기했다.

말 그대로 모조리 섬멸할 방법을 제시했고, 위에서 움직이고 있을 것이다. 삼천의 낭인대를 이끌고.

그게 어떻게 가능하냐고?

이 거대한 포달랍궁의 지하 미로에 입구가 설마 하나밖에 없을 리는 없지 않나. 조휘는 천천히 앞으로 걸어갔다. 풍신은 어느새 다시 도집으로 들어간 상태. 조휘의 걸음에 동창 집사들이 움찔하며 본능적으로 몸을 떨었다.

조휘의 눈빛이 어느새 변해 있었기 때문이다. 거리는 십 보. 일촉즉발의 대치 상황에 나온 예측 불가능한 조휘의 행동. 어느 것 하나 놈들이 제대로 판단할 수 있는 게 없었다.

"무서워?"

"......"

조휘의 걸음에 놈들은 다시 물러났다.

"두려워?"

"......"

다시금 또 한 발자국 다가가니 또 멀어졌다.

피식.

그아앙!

예고도 없이, 예비 동작도 없이 풍신이 갑자기 섬뜩한 궤적을 그렸다.

서걱!

정면에 있던 직졸의 목이 떠올랐고, 조휘의 입에서 비릿한 한마디가 흘러나왔다.

"걱정 마. 다 죽여줄게."

그 말이 끝남과 동시에 은여령, 오현을 위시한 공작대의 선봉조가 가차 없이 동창의 진형으로 짓이겨 들어갔다.

*　　　*　　　*

퍽!

팔꿈치가 관자놀이를 후려치고, 비틀거리며 물러나는 놈의 턱을 풍신이 그대로 가르고 들어가 정수리로 쭉 빠져나왔다.

서걱!

깔끔하게 갈리는 소리와 함께 이제는 무감각한 피 냄새가 훅 올라왔다. 턱부터 시작해 뇌가 갈렸으니 무조건 즉사다.

서걱!

"흡!"

깡!

꼬챙이 같은 요상한 검이 허벅지를 노리고 들어왔지만 그 정도 공격에 당할 조휘가 아니었다. 풍신으로 튕겨내고 발등으로 바닥을 쓸 듯이 걷어찼다.

퍽!

짧은 소음 뒤 하체의 중심이 무너지며 그대로 붕 뛰는 놈을 보며 조휘는 풍신의 날이 아래로 가도록 치켜세웠다. 서늘한 미소가 입가에 걸리는 걸 보는 놈의 눈동자가 급격히 팽창했다.

아는 거다.

이다음 순간의 공격에 제 목숨이 날아갈지도 모른다는 걸. 아니, 날아간다는 걸.

쉭!

푹!

"크륵……."

그대로 아래로 내리꽂아 목숨을 취한 조휘는 발로 상체를 밟은 다음 풍신을 뽑아냈다.

푸슉! 푸슉!

간헐적으로 피가 뿜어지는 건 어찌 보면 참으로 기괴한 장면이었다. 백오십이 엉켜 전투를 벌이고 있지만 고함은 없었다. 동창, 공작대 둘 다 성향이 비슷한 전투 집단이고, 주된 작전이 은밀함과 침묵을 요구하는 작전이 많아서였다.

다만,

"막아! 정면을 집중해서 마도를 묶어놔! 나머지는 좌우에서 치고 들어가란 말이야!"

우광 저 새끼만 빼고.

놈은 바락바락 악을 쓰면서 조휘를 막으려 했다. 하지만 어디 그게 쉽나? 조휘는 그리 호락호락한 인물이 절대 아니었다.

두 놈이 조휘의 양옆을 점하며 다가왔지만, 어디선가 날아온 홍뢰가 목옆으로 뚫어버렸고, 상대는 다시 한 놈으로 변했다.

깡! 까강!

복부를 연달아 찔러오는 공격을 모두 여유롭게 쳐내고 놈을 빤히 바라봤다. 두 눈에 흐르는 당황이 고스란히 보인다. 예전이라면 이 공격에도 상당히 신경을 썼을 것이다. 직졸이 아닌 집사는 확실히 배 이상 강했으니까. 하지만 지금은 아니었다.

무수히 많은 사선을 넘나들며 조휘는 정말 알게 모르게 많은 성장을 이루었다.

깡!

목을 노리고 들어오는 칼을 비스듬히 받쳐 올려 밀어내고, 그대로 날을 타고 풍신이 어둠을 갈랐다.

서걱!

놈은 바로 상체를 뺐지만 그런다고 피할 수 있는 게 아니었다. 가슴 앞섶이 쩍 벌어지며 피가 훅 튀었다. 손끝으로 느껴지는 감각은 절명은 아니어도 절대로 움직일 수 없는 치명상을 입었다고 말해주고 있었다.

"죽여! 죽이라고!"

우광이 악에 받쳐 소리를 치지만, 어느새 동창 집사들의 수는 눈에 띄게 줄어들고 있었다. 그 수를 줄이는 최전방에는 은여령과 오현, 장산과 중결이 있었다.

전투가 종결되는 데는 그리 오래 걸리지 않았다. 약 이각 정도의 짧은 시간이 더 지났을 때, 서 있는 자와 누워 있는 자가 극명하게 갈렸다.

풍신을 넣으며 조휘는 주변을 한번 슥 훑어봤다. 동창 집사 일백을 모조리 죽였다. 단 한 놈도 도망가지 못했고, 모두 차가운 시체가 되어 이 눅눅하고 퀴퀴한 동굴 바닥에 몸을 뉘였다.

전투가 끝났을 때, 역시 우광은 보이질 않았다. 하지만 아예 신경을 안 쓴 건 아니다.

"이화."

"따라와요."

"그래."

조휘는 오현에게 뒷정리와 아이들의 구출을 부탁했다. 그리고 이화를 따라나섰다. 은여령이 당연히 조휘의 곁을 지켰다. 이화는 여전히 총총걸음으로 우광이 도망친 동굴 하나로 들어갔다.

급하게 도망쳤는지 여기저기 흔적을 적나라하게 뿌려두고 갔다. 어두운 동굴이라고 그런 걸 파악 못할 조휘도, 이화도 아니었다. 이각 정도 걸었을까? 우광이 보였다. 막다른 골목에서 이를 부득부득 갈고 있다. 그의 옆에는 종여기가 있었다.

"이여, 우광, 얼마 못 갔네?"

"개새끼……."

"큭큭."

그의 욕에 조휘는 낮게 웃었다. 조휘가 마음 놓고 싸운 이유, 조현승 때문이었다. 조현승은 이미 공동 주변을 통제하고 있었다. 삼천의 낭인대를 부려서 말이다. 그러니 둘이서 도망치다가 꺾고, 또 꺾고 하다가 결국은 제자리로 돌아왔다. 끝장낼 시간이다. 조휘가 한 발자국 움직이자 우광이 발작하듯 외쳤다.

"움직이지 마!"

품에서 또 진천뢰인지, 아니면 세침폭탄인지 모를 철구를 꺼내 조휘를 위협했다. 하지만 조휘가 서 있는 곳이 통로 중간이 아니라 시작점이다. 놈이 저걸 던져도 옆으로 비켜서면 끝이란 소리다.

"내가 지금 어디 서 있는지 안 보이나? 그거 던져서 뭐 하게. 피하면 그만인데."

"으득! 그러니까 다가오지 마라! 어차피 들어오지 않는 이상은 날……."

퍽!

"컥……."

그때, 웃긴 일이 벌어졌다. 우광의 뒤에 서 있던 종여기가 손날로 우광의 뒷목을 후려쳤다. 빙글 돌아 쓰러지는 우광이 불신의 눈빛을 종여기에게 보냈다. 그러나 종여기는 싸늘한 눈빛을 우광에게 보낼 뿐이다. 그의 손에서 떨어지는 철구는 종여기가 가볍게 받아 들었다.

우득! 우드득!

이어 양 손목을 밟아 부숴 버리고는 품에서 아주 작은 패 하나를 꺼내 조휘의 앞에 던졌다. 조휘는 그걸 빤히 내려다봤다.

"호오!"

아주 선명하게 적혀 있는 오홍련의 표식이다.

"후. 귀찮게 하네요, 이놈 정말."

쓰고 있던 복면을 벗으며 시원스럽게 나온 말이다.

종여기의 목소리에 조휘는 다시 시선을 들어 그를 봤다. 하지만 당장 그를 믿을 수는 없는 노릇이다. 이 패는 특수한 도료를 사용했다. 그러나 요즘 황실의 기술력으로 보아 따라 못할 것도 없다는 생각을 했다.

하지만 그 의문은 금방 풀렸다.

"종여기? 우와! 오랜만이야!"

이화가 아는 척을 한 것이다. 이전 공동에서의 전투에서는 복면을 쓰고 있어 못 알아봤지만, 복면을 벗은 지금은 알아봤다.

"이화, 오랜만이야. 기관 빼놓은 건 잘했어. 혹시 몰라 나도 장난질 좀 쳐놓긴 했지만 너 때문에 안심했다고. 하하!"

"그럼! 그 정도야 뭐! 그보다 어쩌다 거기 있어?"

어느새 가까이 붙은 둘은 서로 악수를 하며 매우 반가워했다. 조휘는 그 모습에 어떻게 된 일인지 알 수 있었다.

'이 제독… 역시 대단해.'

동창, 서창 놈들이 가장 잘하는 게 첩자 임무다. 그걸 오홍련에서도 한 거다. 아니, 정확히는 이화매가 직접 인원을 추려 넣은 것이다. 종여기는 분명 그 첩자 중 하나일 것이다. 그것도 매우 오래전부터 황실에 침투한.

"뭐, 여차저차? 그보다 이놈부터 해결할까? 비위 맞추느냐고 아주 그냥… 귀까지 떨어졌다고."

"어! 진짜? 이 새끼가 그랬어?"

"응. 아, 아까 전에 죽여 버리고 싶은 걸 겨우 참았어."

"이 개자식!"

퍽!

발로 몇 차례나 기절한 우광을 짓밟은 이화는 종여기가 놈을 구속하기 시작할 때쯤 멈췄다. 조휘는 가만히 있었다. 종여기는 우광을 질질 끌고 와 조휘의 앞에 놓았다. 이화가 그의 옆에 웃음을 짓고 섰다.

"여기는 종여기! 나와 거의 비슷한 시기에 제독 언니를 따르기 시작한 사람이야!"

"반갑습니다. 종여기입니다."

"진조휩니다."

"하하, 위명 쟁쟁한 마도를 직접 만나게 되니 영광이네요. 물론 이런 상황에 만난 건 매우 유감이기도 하고요. 일단 녀석부터 처리할까요?"

"네."

조휘는 우광을 끌고 다시 공동으로 돌아갔다. 공동에는 수없이 많은 아이들이 공작대와 낭인대의 인솔 아래 모여들고 있었다.

"읍! 으으읍!"

우광이 깨어났는지 발악을 했다. 하지만 사지를 단단히 구속시켜 놨으니 절대 못 움직일 거다. 물론 구속 전에 몸을 수색한 건 기본이다. 입속까지 샅샅이.

조현승이 다가왔다.

"대주."

"애들은?"

"계속 수색 중입니다. 하도 넓어서… 시간이 좀 걸릴 것 같습니다."

"얼마가 걸리든 상관없으니까 샅샅이 뒤져서 한 명도 빠짐없이 구해."

"네."

조현승이 물러가고 조휘는 우광의 입을 막고 있던 천을 빼냈다.

"퉤!"

놈은 바로 침을 뱉었지만 그걸 맞아줄 조휘가 아니었다. 가볍게 피한 뒤 혀를 잡아당긴 뒤 흑악으로 그대로 잘라 버렸다.

"크아악!"

"이제 그만 떠들어. 더러운 니 목소리 듣기도 질리니까."

"크에에엑!"

푹! 푹푹!

옆구리, 쇄골, 목젖까지 이어서 한 호흡에 갈라 버린 조휘다. 조휘답지 않게 이번엔 처단이 빨랐다. 질질 끌고 싶은 마음이 사라졌기 때문이다. 하지만 조휘는 놈을 죽일 생각은 없었다. 무려 금위형천호.

알고 있는 게 제법 될 것 같지 않나?

"넌 이 제독에게 친히 넘겨줄게. 기대하라고."

"흐에! 흐에……!"

서걱!

서걱, 서걱!

단숨에 흑악이 우광의 사지 근맥을 썰어버렸다.

한 치의 망설임도, 한 줌의 자비도 없는 손속이었다.

세 번의 격돌. 승자는 조휘였다.

이렇게 서장의 임무가 끝났다.

*　　　*　　　*

사락.

특급으로 날아온 정보에 이화매는 미약한 미소를 입가에 그렸다.

"무슨 소식이기에 그리 기분 좋게 웃으십니까?"

"공작대 소식이지."

"허헛, 제독께서 그리 웃는 걸 보니 또 마도가 크게 한탕 한 모양입니다. 허허허."

"그럼. 믿고 맡기는 마도 아닌가? 이번에도 확실하게 해줬어. 아이들은 대부분 구출했고, 피해도 거의 없고, 명군은 아예 싹 잡아 죽였고, 우광까지 잡아오고 있다는군."

"역시 대단합니다. 허허."

이제는 양희은도 조휘를 완전히 인정했다. 정말 쉽지 않은 임무를 맡겼는데 그걸 완벽하게 완수했다. 이건 정말 대단한 전공이었다.

"하지만 양 부관, 뭔가 이상한 점이 보여."

"네?"

"기다려 봐."

몇 가지를 정리한 이화매가 탁자로 이동했다. 조금 길어 어깨를 넘어가는 단발을 귀 뒤로 건 이화매가 바로 입을 열었다.

"적무영 그놈은 아이들을 납치해서 서장 랍살, 포달랍궁에 가뒀어. 그런데 그곳을 지킬 병력은 하남에서 출발했지. 이상하지 않아?"

"음, 거리가 너무 멉니다. 이건 굉장히 비효율적입니다."

"그렇지? 그것도 무려 일만이야. 행군 자체도 쉽지 않았을 거라고. 게다가 서장과 하남은 지형과 기후 자체가 완전 달라. 풍토병부터 시작해 고산병 등 별의별 악재가 쫓아다닐 건데 말이야. 적무영이 그걸 몰랐을까?"

"강병을 보내려고 일부러 그런 거 아니겠습니까?"

"그랬을 가능성도 있지만, 적무영은 등신이 아니야. 오히려 지나치게 대가리가 좋은 놈이지. 그런 놈이 나도 의심하는 걸 의심 안 했을 리가 있을까?"

"음……."

"난 없다고 본다. 이거 일부러 누군가 안에서 수작질한 거야.

강병을 보냈지만 가면서 겔겔거리게 만든 거라고."

"황궁에서 적무영에 반하는 자가 있다는 말씀이십니까?"

"엄청 많겠지. 다만 겉으로 드러내지 않을 뿐이겠지. 그냥 봐도 그렇잖아? 차라리 서장이나 근처 신강, 청해의 병력만 데려다 놔도 공작대는 들어가기 힘들었을 거야. 아마 일만이라는 걸 알면서도 들어갔던 건 하남에서 출발한 병력이 서장에 도착해서 다 죽어갈 정도로 골골거렸으니 그냥 친 것 같고. 결과는? 이 서신에 적힌 대로 나왔지. 이건 분명 누군가가 중간에서 장난질을 친 거야."

팔랑팔랑.

이화매의 웃음에 양희은도 미소를 머금었다.

"상황이 변하고 있군요."

"그래. 미약하지만 분명하게 변하고 있어."

씨익. 이화매의 얼굴에 아주 오랜만에 화사한 미소가 번져 나가고 있었다.

제77장
초월자의 개입

피식.

서장의 소식을 접한 적무영은 오랜만에 실소를 흘렸다.

"이제 슬슬 발악을 하나 보네? 하하!"

실소 뒤엔 나온 말은 완전 감정이 말소된 말이었다. 입가는 웃고 있는 것 같으나 눈은 소름 끼치도록 정상이었다.

"서희야."

"예, 지휘사 어른."

"나가봐야겠다."

"예."

적무영이나 서희나 둘의 어조는 거의 동일했다. 서희는 처녀

지신을 적무영에게 빼앗긴 이후부터 이미 인형처럼 되어버렸다.

적무영은 서희가 챙겨주는 의복을 입고 밖으로 나갔다. 목적지는 양명의 거처였다. 그의 거처에 도착한 적무영은 안에 기별도 넣지 않고 드르륵 문을 열고 안으로 들어갔다. 하지만 안에 양명은 없었다. 급히 다가온 시비에게 묻는 적무영.

"양명은?"

"화, 황제폐하께 가셨습니다."

피식.

"가셨습니다… 양명이 나보다 높나?"

"예? 커억……."

쉬익!

예라는 대답이 끝나기 무섭게 적무영은 시비 앞에 나타나 목줄을 쥐었다. 양손으로 자신의 손을 붙잡고 부들부들 떠는 시비를 보며 적무영이 다시 물었다.

"양명이 나보다 높나 물었어."

"그……."

두드득!

대답이 나오려는 찰나, 그대로 힘을 줘 목을 부숴 버린 적무영의 눈빛에는 여전히 무감정한 빛만 떠올라 있었다. 그의 진짜 모습이 나온 것이다.

'나는 지금 화나 있나?'

자신에게 묻는 적무영이지만 답은…….

'아마도……'

들려왔다.

하지만 적무영은 흠칫하거나 하지 않았다. 양명의 자리로 가 앉아서 눈을 감았다. 서산마루에 걸려 있던 해가 지고 양명의 처소에 완전한 어둠이 찾아왔다. 서희는 그의 옆에 곱게 시립해 있고, 적무영은 눈을 감은 채 미동도 하지 않았다. 그렇게 반 시 진이 지났을 때, 양명이 돌아왔다.

이미 적무영이 찾아왔다는 소식을 들은 모양인지 그는 놀라 지 않고 자신의 처소로 들어섰다. 객이 주인 자리에 앉아 있고, 주인은 객의 자리에 앉았다. 이 기묘한 일을 서희는 반개한 눈으 로, 아니, 멍한 눈으로 바라보고 있었다. 양명이 앞에 앉았을 때, 적무영은 눈을 떴다.

"장난질을 쳤어."

"……."

"나는 분명 포달랍궁을 지킬 병력으로 서장 내의 병력을 움직 이라 했는데."

"……."

"어째서 하남의 중보병이 움직였지? 하하! 어떻게 생각해도 누가 중간에 내 서신을 가로채 장난을 쳤다는 것밖에 답이 안 나와."

"……."

양명이다.

그는 굳건한 눈으로 적무영을 마주 볼 뿐 입을 열지 않았다.

긍정도 부정도 하지 않았다.

"게다가 포달랍궁에서 그리 큰 지랄이 났는데 랍살의 병력은 아예 움직이지도 않았더군. 이 또한 누가 미리 지시를 내려놓았을 터."

"……."

"양명, 제대로 한 건 했구나. 하하!"

"……."

적무영의 말에 양명은 여전히 침묵했다. 그리고 여기서 조휘가 쉽게 임무를 마칠 수 있던 이유가 나왔다. 양명이 중간에서 손을 써 오홍련에 극히 유리하게 판을 짜놓은 것이다.

"양명."

"……."

"나는 나를 죽일 수 있는 그 모든 짓을 봐준다고 했지, 내 일에 훼방을 놓는 걸 봐준다고는 하지 않았다."

"……."

"대답해라. 죽고 싶지 않으면."

"……."

적무영의 말은 진심이었다. 엄포가 아닌, 협박이 아닌, 진짜 말 그대로 답하지 않으면 죽일 생각이다.

적무영의 눈과 양명의 눈이 허공 어둠 속에서 부딪쳤다. 양명은 입술을 꾹 깨물고 적무영의 검은 유리알처럼 번들거리는 눈빛을 피하지 않았다. 피식. 적무영의 미소가 점차 짙어지면서 새

하얀 이가 보일 때, 그의 손이 번쩍 허공을 갈랐다.

서걱!

"큽……."

그리고 양명의 어깨가 떨어져 나갔다.

서희는 눈을 질끈 감았고, 양명은 입술을 질끈 깨물며 새어 나오는 고통 가득 찬 신음을 삼켰다.

근데 이해가 안 간다.

둘 사이의 거리는 분명히 꽤나 됐다. 게다가 적무영의 손에는 칼이나 검 같은 날붙이가 쥐어 있지도 않았다.

그런데 대체 어떻게?

"내 계획에 주제넘게 나서서 물 먹인 죄다."

"……."

"내가 허락하는 건 나를 죽이려 했을 때뿐이다. 다음에 다시 내 일에 관여한다면 그땐 목을 썰어주지."

"……."

스륵.

그 말을 끝으로 적무영은 일어나 밖으로 나갔다. 서희가 따라 일어서 나갔고, 두 사람이 나가자 비릿한 혈향이 퍼지기 시작한 처소에서 양명은 하나밖에 없는 어깨를 들썩이며 울었다.

괴물.

처단할 방법이 없는 괴물.

북경의 만마전엔 만마의 왕이 살고 있었다.

　　　　　*　　　　　*　　　　　*

처소로 돌아온 적무영은 문을 열고 안으로 들어서려다 말고 멈췄다.

"서희야."

"예."

"손님이 온 듯하구나. 가서 상을 내오너라."

"예, 지휘사 어른."

서희는 조용히 고개를 숙여 읍하고 등을 돌려 종종걸음으로 멀어졌다. 그녀가 멀어지는 모습을 잠시 보던 적무영은 인상을 찌푸렸다. 하지만 금세 신색을 회복하고 문을 천천히 열었다.

끼이익.

마찰부에서 흘러나온 소리가 마치 지옥에서 흘러나온 귀곡성처럼 울렸다. 빛과 어둠의 경계선 안으로 한 발자국 밀어 넣은 적무영은 천천히 내부를 살폈다. 온통 어둠이 자리 잡은 곳. 창하나 없어 빛이 새어들어 올 아주 작은 구멍조차 없는 곳. 적무영은 이미 흑요석처럼 번들거리는 눈빛이 되었다.

아무것도 없었다.

아무것도 느껴지지 않았다.

"내가 잘못 느꼈다고?"

그럴 리가…….

적무영은 절대로 그런 일은 없을 거라고 생각했다. 예민한 자신의 감각에 분명 걸렸는데 느껴지지 않는다? 그에게는 정말 말도 안 되는 일이었다.

"……."

자신의 자리에 앉은 적무영은 가만히 제 혼자 닫힌 방문 때문에 다시 사방을 메운 어둠을 노려봤다.

분명 인기척이 느껴졌다.

그런데 지금은 아무것도 느껴지지 않는다.

실수, 착각으로 잘못 느꼈을 수도 있다고 생각할 수 있지만, 솔직히 적무영 정도 되면 그런 착각은 할 수가 없었다.

끼이익.

다시 문이 열리면서 시비 여섯이 둘이서 상 하나씩을 들고 안으로 들어섰다. 적무영의 앞에 각을 맞춰 상을 놓고는 시비들이 나가고 서희가 술을 들고 안으로 들어섰다.

"……."

적무영은 그런 서희를 보며 웃었다. 아니, 서희의 등 뒤를 보며 웃었다.

서희가 술상을 들고 들어설 때부터 시선을 떼지 않고 있었다. 그런데 갑자기 사람이 생겨났다. 정확히는 여인. 나이를 가늠하기 힘든 얼굴이고 복장 또한 지금 대명의 복장과는 다른 부분이 확연히 보이는 푸른 의복을 입고 있었다. 서희가 적무영의 앞에 술상을 내려놓았을 때, 여인도 적무영의 앞에 앉았다.

"어마!"

그제야 서희는 여인을 보고 소스라치게 놀랐다.

"꺅!"

이어 비명을 지르며 넘어지는 서희를 여인은 가볍게 손으로 받쳤다. 여인의 품에 안겨 오들오들 떠는 서희를 보며 적무영의 눈빛이 확 바뀌었다. 예의 그 감정이 말소된 눈빛이다. 또다시 본 모습이 나온 것이다.

"나가 있으렴."

"어, 어어……."

서희는 여인의 말에 본능적으로 적무영을 바라봤다. 그의 행동, 말투, 목숨까지 손에 쥔 자가 적무영이란 인식이 머릿속에 박혀 있기 때문이다.

"나가."

"네, 네에……."

서희는 급히 고개를 숙이고 밖으로 나갔다. 그를 모신 지 꽤나 오래되어 이제는 목소리만 들어도 그의 심중을 파악할 수 있기 때문이다. 저렇게 말이 짧아지고 눈빛에 감정이 느껴지지 않을 때는 극히 조심해야 했다.

서희가 나가고, 적무영은 앞에 앉은 여인을 찬찬히 살펴봤다. 전체적으로 유려한 얼굴이다. 가장 인상적인 점을 꼽으라면 북풍한설이 몰아칠 것 같은 얼굴이랄까? 실제로 전신에서 풍기는 기세 또한 그러했다.

"내 감각을 속일 정도로 대단한 인간은 또 처음 보는군. 자기소개 좀 해주겠나?"

적무영의 말에 여인의 입술이 천천히 떨어졌다.

"내 이름은 너 따위가 들을 수 있는 이름이 아니란다."

꿈틀.

"너… 따위?"

적무영의 얼굴에 미소가 피었다.

감정이 말소된 얼굴에 피어난 미소는 범인은 숨이 꼴까닥 넘어갈 정도로 소름 끼쳤지만, 여인에게는 아무런 영향도 미치지 못하는지 그녀의 얼굴은 평온하기만 했다.

"하하, 아하하, 이거 참……."

적무영의 손이 허공을 쭉 그었다. 좀 전에 양명의 어깨를 떨어뜨린 그 일수와 똑같았다.

쩡.

하지만 이상한 소리만 내고 오히려 적무영의 손이 튕겨 나갔다. 튕겨 나온 자신의 손을 빤히 바라보던 그는 헛웃음을 흘렸다.

"허, 이것 봐라?"

"아가야, 쓸데없는 짓은 삼가라. 내 오늘 너의 목을 취하러 온 게 아니니."

여인의 입에서 한기가 풀풀 날렸다. 그리고 그게 너무 자연스러웠다. 그게 적무영을 자극했다. 아무것도 느끼지 못하던 감정이 뭔가를 느끼기 시작했다. 그것은 분노, 그리고 그 분노가 섞여들어 가기 시작한 살의(殺意)였다.

쉬익!

어둠을 가르고 적무영의 손이 재차 날았지만 공기가 터지는 소리와 함께 다시금 튕겨 나갔다. 여인은 가만히 젓가락을 들어 올리고 있는데도 말이다.

히죽.

그에 적무영은 아주아주 오랜만에 재미있다는 듯이 웃었다.

"무슨 짓을 한 거야?"

"무영의 일맥을 이었구나."

"어? 어떻게 알았지?"

"그림자나 어둠을 이용한 공격. 그러한 수는 무영 일맥밖에 없지."

"이야, 이걸 알아보는 사람이 있을 줄이야. 놀랐는데? 이러니까 더 궁금해지는데? 당신 누구야?"

"말해줬단다. 너 따위가 들을 만한 이름이 아니라고."

"그럼 왜 왔어?"

"경고해 주러 왔단다."

"경… 고?"

잇새로 흘러나온 말.

얼굴에 균열이 와르르, 쩍쩍 갈라지는 단어였다.

"감히 누가… 내게 경고를 하지? 나는 적무영이다. 무영의 맥을 이은."

앉은 자세에서 팔을 활짝 펼치며 뱉은 적무영의 말에 여인은 과일 하나를 입에 넣어 오물거렸다. 마치 신경도 쓰지 않는다는 듯이.

"마녀가 약조를 위반하고 풀어놓은 안배들을 처리하다 알았다. 구화를 비롯한 아홉 개의 안배는 처리했는데 하나가 보이질 않더구나. 겨우겨우 찾았는데 이미 누군가가 찾아간 뒤였지."

"그게 뭐… 기연이라는 건 먹는 자가 임자 아닌가?"

"가져선 안 되는 기연도 있단다. 특히 너처럼 악한 자의 손에 들어가선 안 되는 일이지. 보거라. 니가 그 기연을 얻고 행한 일들을."

"그게 뭐……."

"사람을 죽이고, 아이들을 납치하고, 중원을 다시 전란을 휩싸이게 만들 계략을 세우고 있고. 어느 하나 정상인 게 없다. 태평성대는 아니라지만, 이는 사람이 해결해야 할 일. 너처럼 이미 지금 중원의 기준으로 인외의 길로 들어선 이가 간섭해선 안 되는 것이야."

"인외? 큭!"

적무영의 입에서 이번엔 확실하게 감정이 담긴 한마디가 흘러나왔다. 적무영은 웃고 있었다.

정확히 입만.

"따라서 나는 내게 제재를 가할 생각이다. 속세에 관여하지 않겠다고 약조했다만, 마녀도 그 정도는 이해하겠지. 약조를 어긴 것은 그녀도 마찬가지이니."

"뭔 개소리야?"

으르렁거리며 이제는 급기야 이까지 가는 적무영이다.

무감정하던 눈빛에 살의(殺意) 섞인 적의(敵意)가 한 가득이다. 극단적인 감정 변화. 하지만 아직 적무영은 이를 모르고 있었다. 감정이 생겨나고 있음을. 다시 손을 드는 적무영.

그러나 여인이 다시금 시야에서 사라졌다.

휘이잉.

어느새 열린 문에서 후덥지근한 바람이 흘러들어 왔다.

"……"

어떻게 나갔는지는 궁금하지 않았다. 지금 당장은 좀 전 여인을 찾아 죽여 버리고 싶었다. 자신에게 이런 모욕을 주고 간 그녀를 잡아 사지 육신을 뜯어버리고 싶었다. 이는 격렬한 분노였다.

"어……?"

그리고 그제야 깨달았다.

자신이 지금 분노를 느끼고 있다는 사실을.

이는 거대한 변화였다.

*   *   *

산동성, 비천성.

내성산 정상에 펼쳐진 꽃밭에서 한 노인이 두 젊은 남녀에게

꽃차를 따라주고 있다. 젊은 남녀, 친남매 사이인 진호영, 진호
란이었다.

"어젯밤 불멸성이 떴더구나."

어둑한 밤하늘을 지그시 바라보던 노인이 툭 중얼거린 말에
남매는 흠칫 떨었다. 그러다 이내 서로를 빤히 바라보다 놀란 눈
으로 노인을 바라봤다. 사내 진호영이 먼저 입을 열었다.

"정말 불멸성이었습니까?"

"그래. 허헛, 내가 헛것을 보고 이리 너희들을 불렀겠느냐?"

"아, 아닙니다, 어르신."

진호영이 급히 고개를 숙였다.

그런 진호영의 옆에 있던 진호란이 멍하니 한마디를 흘렸다.

"불멸성이라니……."

믿기지 않다는 얼굴과 어조였다.

대체 불명성이 무엇이기에…….

불멸성(不滅星).

아는 사람이 극히 한정된 별자리다.

그 옛날 무제가 죽고 난 후 일어난 상실시대의 대란의 종결
때 떠오른 영롱하고 찬란한 별. 무제가 자신의 목숨으로 첫 번
째 대란을 막고 그의 수하들을 이끌던 최측근이자 군사이던 천
리통혜가 마녀의 업을 이어받으며 생성된 별.

불멸성은 그 천리통혜가 속세로 나올 때만 빛을 발하는 아주 특별한 별자리다. 곁에 있던 노인도 업의 극히 일부분을 감당해야 했기 때문에 지금 이 나이까지 죽지 않고 숨 쉬고 있었다. 그럼 천리통혜는?

영원불멸.

마녀의 업을 스스로 짊어진 대가이다.

노인이 다시 입을 열었다.

"이제 너희들도 내려가야겠구나. 그분의 후예로서 가서 인사라도 해야 하지 않겠느냐."

"……."

노인 김연호의 말에 진호영과 진호란의 얼굴에 짙은 파문이 일어났다. 하산. 그 단어 때문이다. 둘은 태어나서 지금까지 이곳 비천성과 태산현에서 벗어난 적이 없었다. 벗어나선 안 되었기 때문이다.

최대한 속세에 개입하지 말란 성(城)의 방침과 김연호의 당부 때문이었다. 하지만 불멸성이 나타났다.

무제의 동생이 현세에 나온 것이다. 김연호만 해도 까마득한 어른이다. 천리통혜도 동시대의 사람이지만 핏줄이 다르다. 김연호는 당시 천리통혜가 이끌던 대의 일원이었지만, 천리통혜는 두 사람과 직접적으로 피로 이어져 있었다.

"하지만 다시 하나 당부해야겠다. 그분을 찾아가 인사는 하되 최대한 속세에 대한 개입은 하지 말아다오. 알고 있겠지만."

"네, 어르신. 그게 저희 비천성과 광검, 묵언에 내려진 숙명이라는 것을요."

"걱정 마세요. 오라버니는 제가 잘 돌볼게요."

뿌득.

진호영은 동생의 말에 이를 갈았고, 김연호는 '허헛, 그래, 란아 너라면 믿을 수 있지. 허허허!' 하며 만족한 웃음을 흘렸다.

"날이 밝는 대로 떠나거라."

"네."

그렇게 대답을 하고 두 남매는 일어나 예를 취하고 물러났다. 남매가 떠나고 홀로 남은 김연호는 다시 하늘을 올려다봤다. 믿기지 않겠지만, 조휘도 믿지 않았지만 김연호의 실제 나이는 이미 이백을 넘었다.

천리통혜가 짊어졌다는 업, 그 극히 일부분만 받고도 이리 오랫동안 살게 된 것이다. 그리하여 그는 이미 천기도 읽을 수 있게 됐다. 물론 극히 일부분으로 아주 단편적으로 볼 수 있었다.

"파군의 빛이 약해지고… 탐랑과 무곡의 빛이 조금 밝아졌구나. 이제 서로 비등해졌으나… 허헛, 그리하여 피바람이… 일겠어."

김연호의 말은 의문투성이다.

누가 들었어도 제대로 알아먹지 못했을 것이다.

"허어, 군사, 무슨 일을 벌이려는 것이오."

안타까운 탄식에 가까운 한마디를 흘려낸 김연호는 이내 벼

루와 먹, 한지(韓紙)를 꺼내 정성스럽게 서신을 쓰기 시작했다.

이 서신을 받을 이는 탐랑의 기운을 등에 업은 자.

천자(天子), 제왕의 길을 걸을 운명을 짊어진 자.

오홍련의 이화매다.

*　　　*　　　*

와락!

서신을 접은 이화매의 눈이 이글이글 불타고 있었다.

"양 부관."

"네, 제독."

범상치 않은 이화매의 어조에 양희은 또한 딱딱한 어조로 대답했다.

"시작됐다."

"네?"

"적무영 그놈이 군을 일으켰어."

"허……."

서신은 북경에서 날아온 특급 전서였다. 그 서신에는 적무영이 북경을 비롯한 다섯 개 성에서 병력을 차출, 이십만의 대군을 일으켰다는 정보가 적혀 있었다.

"이제 제대로 시작하자는 거지."

이화매는 얼굴에 싸늘한 미소를 걸었다. 물경 이십만 대군이다. 오홍련의 인원도 물론 그 정도 된다. 지방 함대만 따져도 정말 어마어마한 수준인 것이다. 하지만 놈은 육지전을 고집할 생각인지 수군에 대한 정보는 하나도 없었다.

"이건 일단 저희 동맹이라 할 수 있는 해안 오성을 공격할 셈인가 봅니다."

"그래, 산동부터 광동까지. 우리 육군의 전부지. 따로 낭인대를 고용했지만 그들의 수는 끽해봐야 일만도 안 돼."

툭, 툭툭툭.

이화매는 손끝으로 또 탁자를 두드렸다. 그녀가 고민에 빠질 때면 어김없니 나타나는 버릇이다.

"전쟁이라……."

어딘가 음울하게 흘러나온 한마디 후 이화매는 자리에서 일어났다.

"간부들 소집해."

"네."

양희은이 바로 나갔고, 이화매는 창문을 열어 북녘을 바라봤다. 저기 있을 것이다. 씹어 먹어도 시원찮을 적무영 그 새끼가. 원래는 마도의 철천지원수이던 놈이 이제는 자신도 찢어 죽이고 싶은 놈이 되어버렸다.

"어쩌다 꼴이 이렇게 됐나. 웃기는군."

자조적인 웃음이 흘러나왔다.

너무 방관했나?

그렇게 스스로에게 물었을 때, 이화매는 고개를 저었다. 악착같이 살았다. 이 땅을, 죄 없는 백성이 피 흘리는 일이 없게 만들기 위하여 그것만 보며 달려왔다. 자신의 기준, 그 누구의 기준으로도 옳다 싶은 것들은 거침없이 행하며, 반대로 옳지 않다 할 수 있는 건 철저하게 응징하면서 그렇게 여기까지 왔다.

그런데…….

"결국은 전쟁이란 말이지……."

가장 원치 않던 상황이 터졌다.

적은 철저하게 응징하는 이화매다.

하지만 결국 내란의 끝이라 할 수 양단 간의 전쟁.

"또 얼마나 많은 목숨이……."

이화매가 걱정하는 건 병사가 아니었다. 그들도 솔직히 억울하긴 하겠지만 그녀가 진짜 걱정하는 건 백성이다.

전쟁은 무조건 백성에게 피해를 끼친다. 아무리 통제해도 불가능하다는 건 이미 지금까지 이어진 역사가 증명했다. 백성에게 피해가 없는 전쟁은 없다. 그게 이화매의 생각이다.

수없이 흘러내릴 농민의 피.

그들이 피땀 흘려 일군 터전.

그 모든 게 아마도 전장의 불길에 휩싸여 타들어갈 것이다.

특히…….

"적무영 그 개새끼라면… 절대 그냥 지나갈 리가 없지……."

적무영의 성격상 분명 점령지에 대한 보복은 확실하게, 너무도 무시무시하게 하고 지나갈 것이다.

그 보복이 뭔지는 안 봐도 뻔했다.

나갔던 양희은이 돌아왔다.

"제독, 다 모였습니다."

"가지."

펄럭!

오직 전투를 출항 때만 입던 외투를 걸친 이화매는 애검 홍련(紅蓮)을 허리에 차고 집무실을 나섰다.

*　　　*　　　*

이화매처럼 서신을 읽은 조휘의 얼굴이 더 이상 굳을 수 없을 정도로 딱딱해졌다. 그리고 저도 모르게 나지막한 탄성까지 흘렸다.

"대주, 무슨 일입니까?"

옆에서 소면 한 젓갈을 떠올리던 위지룡이 궁금했는지 물었다. 운남 중전(中甸)성에 도착해 식사를 막 시작하기 전, 오홍련의 대원이 다가와 서신을 하나 전달해 주고 갔다. 모두가 별 생각 없이 식사를 시작했는데, 서신을 살펴본 조휘의 표정이 정말 급변했다 싶을 정도로 굳어버렸다.

그래서 위지룡이 물었다.

"……."

조휘는 서신을 뚫어지게 노려봤다.

자신이 본 게 맞나 다시 한 번 확인하고 싶은 것이다. 하지만 노려본다고 글자가 변하는 건 아니다.

북경, 오개 성, 통합 이십만 군 출병.

목적지, 산동.

총지휘관, 금의위(錦衣衛) 도지휘사(都指揮使) 적무영(赤無影).

그 내용을 딱딱하게 굳은 눈으로 노려보던 조휘의 입이 열렸다.

"드디어… 드디어 나오셨나."

조휘의 한마디에 식사를 하던 모든 이의 얼굴이 굳었다. 조휘는 서신을 은여령에게 건넸다. 그녀는 젓가락을 놓고 서신을 살핀 다음 조휘와 똑같은 눈이 되어버렸다. 더 이상 어찌할 수 없을 정도로 딱딱하게 굳은 눈빛. 이어 조현승, 오현 등도 차례대로 돌려봤고, 모두 조휘처럼 굳었다.

하지만 그중 가장 살벌한 건 역시 조휘였다.

놈이 드디어 밖으로 나왔다.

물경 이십만의 대군을 이끌고 같은 민족을 공격하러 산동성으로 이동하고 있었다. 역시 미쳐도 단단히 돈 미친놈답다는 생각이 웃기게도 가장 먼저 들었다. 그리고 놈이 나왔다는 사실에 감사하는 마음이 일순 든 자신의 이기적인 마음에 놀라기도 했다.

하지만…….

'상관없다.'

나왔으니까.

이제 죽이러 갈 차례다.

'많이 참았으니까.'

더 이상 참지 않아도 된다.

이화매도 그건 인정할 것이다.

"산동으로 간다."

"네? 우광은 어찌합니까?"

이미 전쟁이 벌어졌다.

우광의 가치 따위는 이제 길가의 돌덩이만큼도 되질 못했다.

"죽여."

"네."

조현승은 고개를 끄덕였다.

"가서 어찌실 건가요?"

"어찌긴, 놈을 죽여야지."

"아직은… 힘들지도 몰라요."

"알고 있어."

조휘는 은여령의 말을 인정했다.

자신의 부족함은 자신이 가장 잘 알고 있었다. 적무영 그놈이 괴물처럼 강하다는 것도 알고 있었다. 지금 이 상태로 쫓아가 봐야 어차피 개죽음이라는 것도 알고 있었다. 하지만 놈이 대놓고 앞으로 나섰다.

"일단 주산군도로 돌아가요."

"아니, 산동으로."

은여령의 말을 거부하고 다시 자신의 생각을 말하려는 찰나, 누군가가 끼어들었다.

"나도 이 아이의 말에 동의한다."

아무런 기척도 들리지 않았는데 갑자기 등 뒤에서 들려온 목소리. 조휘의 등골에 소름이 일순간 벼락처럼 내달렸다.

"……."

그리고 잠시의 침묵 후, 탁자를 양손으로 밀어내며 풍신을 쥐고 신형을 벼락처럼 돌려세웠다.

그아아앙!

그리고 그와 동시에 은여령도 반대로 돌며 고속의 검격을 뿌렸다.

스가앙!

두 개의 소음이 어울려져 객잔 삼층을 울렸다. 기척도 없이 등 뒤로 다가온 자, 목을 쳐버리겠다는 강력한 일념이 담긴 공격이었지만.

착!

그 일념은 목표점에 도달도 하지 못하고 깨지고 흐트러졌다.

푸른 궁장을 입은 여인. 그녀는 양손으로 풍신과 은여령의 애검을 잡아버렸다.

칼날 잡기도 아닌, 정말 말 그대로 엄지와 나머지 손가락을 이용해 한 개의 칼과 한 개의 검을 잡아버렸다.

너무 놀라 조휘는 저도 모르게 그만 풍신을 놓쳤다. 은여령도 마찬가지였다. 떨리는 눈빛, 믿지 못하겠다는 감정이 듬뿍 담긴 눈을 하고서 뒤로 물러섰다. 공작대 또한 마찬가지였다. 눈앞에서 괴물을 본 것 같은 표정이었다.

당연한 일이다.

마도의 발도를 잡았고, 백검의 정수를 고스란히 담은 발검을 잡았다. 그것도 좀 전에 말했듯이 손으로.

그러니 불신이 눈빛에 자리 잡는 게 절대 이상한 일이 아니었다. 하지만 그런 일을 만든 여인은 아주 미약하게 웃고 있었다.

"얘기 좀 하러 왔는데, 대접이 너무 박하구나."

풍신과 은여령의 검을 손끝으로 돌려 두 사람에게 돌려주고는 빈자리에 앉는 여인.

"걱정 말고 앉거라. 내 해칠 마음이 있었으면 진즉 그리했을 터이다."

"……."

대답은 안 했지만 조휘는 심장이 터져 나가는 것 같았다. 경악, 불신, 환상 등등 모든 감정이 머릿속에서 메아리쳤다. 자신의 상식을 한참이나 빗나간 일이었기 때문이다. 그런 조휘에게 여인의 한마디가 다시 날아들었다.

"이런, 내 소개를 먼저 해야겠구나."

"……."

"나는……."

조휘의 침묵을 뒤로하고 여인의 창백한 입술이 천천히 열렸다. 아련한 어조로.

"비천성주(飛天城主) 진무혜다. 옛날에는……."

천리통혜(千里通慧)라 불렸단다.

조휘는 알지 못했다.

고(古) 상실시대를 겪은, 그리고 종식시킨 진정한 전설이 눈앞에 현신했음을.

『마도 진조휘』 9권에 계속…

초대형 24시 만화방

신간 100%, 샤워실, 흡연실, 수면실(침대석), 커플석, 세탁기 완비

▪ 강북 노원역점 ▪

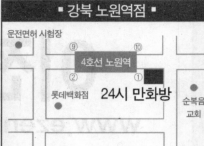

서울 노원구 상계동 340-6 노원역 1번 출구 앞 3층
02) 951-8324 (화용빌딩 3층)

▪ 일산 정발산역점 ▪

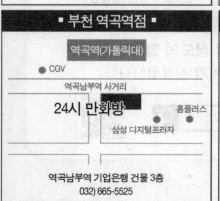

라페스타 E동 건너편 먹자골목 내 객잔건물 5층
031) 914-1957

▪ 일산 화정역점 ▪

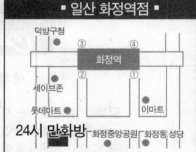

경기도 고양시 덕양구 화정동 984번지 서일빌딩 7층
031) 979-4874 (서일사우나 건물 7층)

▪ 부천 역곡역점 ▪

역곡남부역 기업은행 건물 3층
032) 665-5525

▪ 부평역점 ▪

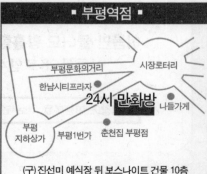

(구) 진선미 예식장 뒤 보스나이트 건물 10층
032) 522-2871

이모탈 퓨전 판타지 소설
FUSION FANTASTIC STORY

용병들의 대지
Road of Mercenaries

이 세계엔 3개의 성역이 존재한다.
기사들의 성역, 에퀘스.
마법사들의 성역, 바벨의 탑.
그리고… 그들의 끊임없는 견제 속에 탄생하지 못한

『용병들의 대지』

전쟁터의 가장 밑을 뒹굴던 하급 용병 아론은
이차원의 자신을 살해하고 최강을 노릴 힘을 가지게 된다.

그의 앞으로 찾아온 새로운 인생!
아론은 전설로만 전해지던
용병들의 대지를 실현시킬 수 있을 것인가!

Book Publishing CHUNGEORAM

유행이아닌자유추구
WWW.chungeoram.com